Elke Päsler

SALLY

Sally

edition a

Der Verlag dankt Oberst Gerald Tatzgern B.A.,
Leiter der Zentralstelle Bekämpfung Schlepperkriminalität / Menschenhandel
im Bundeskriminalamt der Republik Österreich,
für die kompetente Beratung.

Elke Päsler: Sally

Redaktion: Sigrit Fleiß und Berit Freutel
Lektorat: Katharina Krones

Umschlag: A bis Z Besticker (Bestickung), Ulrike Wieser (Foto)
Typografie: Rainer Erich Scheichelbauer
Druck: Theiss (www.theiss.at)

Verwendete Schriften:
Acorde von Stefan Willerstorfer (www.willerstorfer.com)
Handsome von Nick Shinn (www.shinntype.com)
Premiéra von Thomas Gabriel (www.typejockeys.at)

2 3 4 5 6 7 8 — 14 13 12 11

ISBN 978-3-99001-024-2

Die in diesem Buch geschilderten Begebenheiten haben sich tatsächlich ereignet.
Namen, Orte, zeitliche Abläufe und einzelne Details wurden aus Gründen
des Datenschutzes geändert.

MANIFEST

Die Emanzipation ist gescheitert. Das hat uns die Wirtschaftskrise gezeigt. Bis zu ihrem Beginn ist uns Frauen der Versuch, die besseren Männer zu sein, noch scheinbar geglückt. Wir haben gearbeitet, die Kinder erzogen, die Familienwerte gepflegt, den Haushalt geführt, für Gleichberechtigung gekämpft und ein schlechtes Gewissen gehabt, wenn wir uns zwischendurch eine Stunde Zeit für die Kosmetikerin genommen haben. Den ungeheuren Druck, unter dem viele von uns schon damals gestanden sind, haben die Emanzen der ersten Stunde wohl kaum eingeplant.

Ihrem Kampfruf folgend sind wir wie Männer gegen Männer angetreten, ohne als Kopie gegen das Original je eine Chance gehabt zu haben. Wir haben dabei ganz übersehen, dass wir nicht nur uns selbst der Weiblichkeit berauben, sondern die ganze Gesellschaft. Der in den vergangenen Jahren entstandene riesige Markt für Zärtlichkeit und Nähe ist symptomatisch dafür. Tausende Prostituierte haben sich erfolgreich auf seelische und körperliche Streicheleinheiten spezialisiert, während wir noch immer glauben, dass Männer nur harten Sex und Abwechslung suchen. Vor allem aber hat unsere eigene Absage an die weiblichen Werte die Gesellschaft bröckeln lassen und die Wirtschaftskrise mitverursacht.

Durch diese Krise wurde die Last für viele von uns dann endgültig zu schwer. Denn verloren unsere Männer ihre Jobs, schlüpften wir auch noch in die Rolle der Alleinverdienerinnen. Die Männer haben das für selbstverständlich gehalten, weil wir bisher nie Schwächen gezeigt haben. Für die Frauen, die in den guten Jahren in elitären Zirkeln über die Emanzipation philosophiert haben, funktioniert das vielleicht noch. In ihren gehobenen Positionen bringen sie ihre Familien zur Not auch dann allein durch, wenn sie deutlich weniger verdienen als gleichgestellte männliche Kollegen. Voll auf den Kopf gefallen dagegen ist die Emanzipation den Frauen der mittleren und unteren Einkommensschichten. Jene, deren Männer davor monatlich zwei- oder dreitausend Euro heimgebracht haben und die ihre Familien nun mit Tausend-Euro-Jobs ernähren müssen. Für sie kann die Rechnung auch mit der perfektesten Selbstausbeutung nicht mehr stimmen.

Während sich Emanzipationsikonen wie Alice Schwarzer um Luxusprobleme wie die Liebschaften eines durchgeknallten TV-Wetterfrosches gekümmert, zu jedem Lifestyle-Problem ihren Senf abgegeben und eitel ihre Bücher verkauft haben, sind wir vor die Hunde gegangen. Uns hat niemand geholfen. Selber schuld, wenn das Haus auf Pump gekauft und der Fremdwährungskredit nach hinten losgegangen ist. Selber schuld, wenn sich die Leasingverträge für das Auto und den Zweitwagen nicht kündigen lassen. Selber schuld, wenn du einen Versager geheiratet hast, der bei der ersten Jobkrise aufgibt und vor dem Fernseher verkommt. Wir haben niemanden gebraucht, der uns diese Dinge an den Kopf wirft. Wir haben uns ganz automatisch zuerst die Pflicht und dann die Schuld selbst zugewiesen, bis die Schmerzgrenze überschritten war.

Für Männer habe ich eine Nachricht: Die Zärtlichkeit, die ihr jetzt bei Erotikmasseusen findet, bieten vielleicht auch eure eigenen Frauen an. Bloß nicht euch, sondern anderen Männern – Freiern, von denen sie sich dafür bezahlen lassen. Manche arbeiten professionell in Stundenhotels oder anderen diskreten Absteigen. Andere bewegen sich in der Grauzone zwischen

Prostitution und Affäre und halten notgedrungen dort die Hand auf. Wenn ihr das nächste Mal durch die Vorstädte spaziert, dann seht euch die hübschen Dalien, die frisch gestrichenen Zäune und die Schultaschen der Kinder an. Viele von den Blumenzwiebeln, ein Teil des Lackes und einige Jausenbrote in den Taschen wurden bestimmt durch illegale Prostitution bezahlt, die nicht einmal in den Dunkelziffern der Kriminalpolizei aufscheint.

Wir Frauen müssen endlich den Mut haben, uns in ein Sofa fallen zu lassen und zu sagen: So wie bisher geht es nicht weiter. Die Welt wird komplexer und dichter und lässt keinen Raum mehr für Kampfkonzepte, die irgendwann auf dem gesellschaftspolitischen Reißbrett entstanden sind und dem natürlichen Zusammenspiel von Mann und Frau im Weg stehen. Es ist Zeit für eine postemanzipatorische Bewegung, in der sich Mann und Frau wieder an der Hand nehmen, um auf gleicher Augenhöhe gemeinsam in die Zukunft zu blicken. Wir brauchen eine Bewegung, die männlichen und weiblichen Werten wieder den gleichen Rang einräumt. Eine Lehrerin, in deren Hand das wichtigste Gut der Gesellschaft, die Kinder, liegt, muss mindestens ebenso gewürdigt und honoriert werden wie etwa ein Informatiker, der sich mit Steuerungssystemen von Kraftwerken befasst. Auf dieser Basis können dann Politiker, Wirtschaftsstrategen und Sozialexperten ihre Maßnahmenpakete schnüren. Ihre derzeitigen Konjunkturprogramme verschieben die Lasten nur noch weiter zu den Frauen und werden deshalb die Wirtschaftskrise mittelfristig nur vertiefen. Eine Reform der Einkommenssteuer etwa bringt vor allem den Männern etwas, und mitfinanziert wird sie dann womöglich auch noch durch Kürzungen bei den Kinderbetreuungsplätzen.

Männer erhalten die Gesellschaft, Frauen stützen sie. Das eine funktioniert nicht ohne das andere und beides ist gleich viel wert. Männer und Frauen müssen vergessen, was war, und sich neu ineinander verlieben. Nur so kann die Welt gesunden.

Elke Päsler, Januar 2011

Erster Teil

MARILYN MONROE

DIENSTAG, 26. MAI 2009, 15 UHR. Ich trug ein Marilyn-Monroe-Kleid mit rotem Neckholder-Top und weißem Rock. Da ich zehn Minuten zu früh da war, kaufte ich mir in einer Eisdiele in der Nähe des Donauzentrums noch eine Portion Erdbeer-Vanille im Becher. Das passte farblich zu meiner Aufmachung. Es war heiß, und ich hätte im letzten Moment lieber doch noch etwas Leichteres angezogen, aber wir hatten uns Marilyn Monroe als Erkennungszeichen ausgemacht.

Ich schlenderte zur Rolltreppe des großen Einkaufszentrums und fuhr hinauf in den ersten Stock. Ich hatte ein bisschen Lampenfieber, denn der Termin war ungewöhnlich. Der Bursche, der seiner Telefonstimme nach zu schließen höchstens dreißig sein konnte, hatte mir seine Spezialwünsche offen genannt. Prinzipiell fand ich das nur fair. So konnte ich rechtzeitig ablehnen oder mich, wie in diesem Fall, genau auf seine Wünsche einstellen.

Am Ende der Rolltreppe ging ich geradeaus weiter und landete, genau wie er es mir beschrieben hatte, in einer Kleiderbauer-Filiale. Mit erhobenem Haupt betrat ich den Modeladen und grüßte freundlich. Während ich mich über einen Drehständer mit verbilligten Tops hermachte, checkte ich möglichst unauffällig die Umgebung, um rechtzeitig vor einer übereifrigen Verkäuferin flüchten zu können. Da sprach er mich aus dem toten Winkel links hinter mir an.

»Bist du Sally?«

Im Alter hatte ich mich nicht verschätzt. Er musste so um die fünfundzwanzig sein, war groß und etwas mopsig. Trotz meiner eigenen sehr zierlichen Gestalt fragte ich mich, wie wir beide in eine Umkleidekabine passen sollten. Und zwar so, dass die Verkäuferinnen keine Beulen am Vorhang sehen konnten.

In der Kabine war es noch stickiger und enger, als ich erwartet hatte. Ein Spiegel, ein Hocker und spärliches Neonlicht. Er roch ein bisschen verschwitzt, was zweifellos an den hochsommerlichen Außentemperaturen lag. Auch ich schwitzte unter meinem Rock. Lange nachdenken konnte ich über das, was ich hier tat, aber nicht. Denn so viel war klar: Wir hatten keine Zeit zu verlieren.

Während er sich mit dem Rücken an den Spiegel lehnte und ich vor ihm auf die Knie rutschte, nestelte er neben den vereinbarten hundertdreißig Euro sein Smartphone aus der Hosentasche. Auch das hatten wir vereinbart. Er wollte Fotos von uns machen. Für mich wäre es zwar ein Alptraum gewesen, wenn ein Bild von mir beim professionellen Oralverkehr kursiert wäre, doch bei den Positionen, die eine Umkleidekabine zwei Menschen mit unseren Absichten ermöglichte, konnte er mich ohnedies nur von oben ablichten. Die Fotos würden bestenfalls meinen Scheitel und meine Hände zeigen.

Ich öffnete seine Hose und machte mich ans Werk. Er hatte eine ziemlich große Rute, die schon hart war, als ich seinen Reißverschluss berührte. In Sekundenbruchteilen streifte ich ihm das hellrosa Kondom über. Die Verpackung hatte ich wohlweislich bereits auf der Rolltreppe aufgerissen. Die Sache ging völlig geräuschlos über die Bühne und das Einzige, was sich dabei bewegte, waren mein Kopf und sein Finger auf dem Auslöser der Handykamera.

Vier Minuten später war alles vorbei. Er hatte ein Papiertaschentuch eingesteckt, mit dem er sich kurz abwischte und in das er das Kondom knüllte. Wenige Augenblicke später verließen wir die Kabine, als wäre nichts gewesen. Wie mit Scheuklappen ging ich schnellen Schrittes durch den Laden.

»Auf Wiedersehen«, flötete ich in den Verkaufsraum.

Als ich mich draußen von dem Mann verabschieden wollte, war er schon weg. Ich sah mich nicht nach ihm um. Nur die hundertdreißig Euro in meiner Tasche und die Handyfotos, die ich niemals sehen würde, erinnerten noch an das, was eben geschehen war.

1

FRÜHLING 2008. Die Dreizehn war unsere Glückszahl. Mein Mann war das dreizehnte Kind seiner Familie, unsere erste Wohnung hatte die Türnummer dreizehn, wir heirateten am dreizehnten Juli, einem perfekten wolkenlosen Tag und unser erstes Kind, unsere Tochter, wurde genau ein Jahr später, ebenfalls am dreizehnten Juli, auf den Namen »Anke« getauft.

Die Dreizehn brachte mir genau das Glück, das ich mir während meiner von beschwerlichen Krankheiten begleiteten Kindheit und Jugend immer erträumt hatte: einen Mann, der mich auf Händen trug, zwei süße Kinder, einen Hund und ein hübsches Haus mit Flugdächern für zwei Autos – eines für das meines Mannes und eines für mein eigenes.

Das Haus hatten wir nach meinen Plänen in meinem Heimatstädtchen in Niederösterreich gebaut. Es sah aus wie eine Pyramide, hatte einen quadratischen Grundriss und ein zur Mitte hin spitz zulaufendes Dach. Drinnen duftete es immer ein wenig nach Tannenholz. Dieses Haus war mein Schloss und meine Höhle, in der ich mich verkriechen konnte. Es bedeutete Luxus für mich und Unabhängigkeit.

Im Garten setzte ich jede Knolle selbst und auch das Unkraut zupfte ich mit Hingabe. Im Frühling blühten die Beete prachtvoll in allen Farben. Wenn ich durchs Dorf ging, nickten mir die Menschen zu. Meine Familie war in dem kleinen niederösterreichischen Ort bekannt, seit sich mein Großvater hier als Zahnarzt einen Namen gemacht hatte.

Es war die Sehnsucht nach der Idylle mit Kuschelhund, Schwimmbecken und Sonnenschein, die mich dazu bewogen hatte, Mario zu heiraten. Er war liebevoll und aufmerksam und bewies in unserem schlichten Holzbett Naturtalent. An dem Tag, an dem ich erfuhr, dass ich schwanger war, quoll ich über vor Glück. Ich hatte kaum darauf zu hoffen gewagt, weil ich wegen meiner Krankheiten viele Jahre lang starke Medikamente nehmen hatte müssen. Eigentlich war ich felsenfest davon überzeugt gewesen, unfruchtbar zu sein. Und so war Anke völlig unerwartet in unserem Leben aufgetaucht, einem Leben, das schon davor nahezu perfekt gewesen war. Weil die Sommer immer heißer wurden und der Weg ins Freibad für eine berufstätige Mutter anstrengend war, ließen wir nachträglich sogar einen Swimmingpool in unseren Garten bauen.

Mario und ich galten als hübsches und bald auch als erfolgreiches Paar. Wir waren wohl eines von den Paaren, über die Priester bei Hochzeiten so gerne predigen. Wir waren ein Team, das an einem Strang zog. Wir brauchten keine Worte, denn jeder von uns wusste, worauf es dem anderen ankam.

Es gab keinen Moment, in dem ich meine Entscheidung für diese Art von Leben bereute. All die Gefahren, die wie Damoklesschwerter über Ehen schweben, gab es für uns nicht. Unsere Gefühle füreinander stumpften weder ab, noch hielt die Langeweile Einzug. Das Gegenteil war der Fall. Ich fragte mich, warum so viele Menschen nicht begreifen, dass Sex gar nicht besser sein kann als in einer legalisierten, fixen Beziehung. Ist man frisch verliebt, dominieren Nervosität und die Angst, zu enttäuschen. Bei einem One-Night-Stand ist man sich zu fremd. In unserer Beziehung war körperliche Liebe von Anfang an eine wichtige Komponente.

Als ich Mario in einem Fitnesscenter zum ersten Mal sah, war das kein besonders romantischer Moment. Ich war gerade zweiundzwanzig Jahre alt und trainierte still und konzentriert an der Crunch-Maschine meine mittleren Bauchmuskeln, als ich zufällig Zeugin einer Unterhaltung zwischen ein paar Halbstarken wurde. Sie redeten über Abführmittel. Die waren ein durchaus alltägliches Gesprächsthema in diesem Fitnesscenter, schließlich wollte hier jeder schlank sein. »Diäten sind die absolute Qual«, blaffte einer der Burschen. »Schon einmal Trockenfeigen probiert? Die putzen ordentlich durch und es geht superschnell!« Ein anderer empfahl Weizenkleie auf nüchternen Magen und meinte, das Zeug würde »so richtig einfahren«. Die anderen lachten ihn aus, nannten Weizenkleie »Großmutters Rezept« und fanden ein bestimmtes Medikament gut: »Total geiles Mittel. Da bist du voll dabei.«

Ich wollte nur in Ruhe trainieren. Quatschen und dabei tatenlos an den Geräten herumhängen, war nicht mein Stil. Doch an diesem besonderen Tag mischte ich mich aus irgendeinem Grund ganz gegen meine sonstigen Gewohnheiten in das Gespräch ein. Ich sagte den Jungs etwas herablassend, was wirklich Sache war. Schließlich hatte ich in einem Krankenhaus in Wien als Krankenpflegerin und später auch als Altenpflegerin gearbeitet und deshalb einiges zu diesem Thema beizutragen. »Solche Tabletten entwässern nur und bringen die Darmflora total durcheinander«, erklärte ich also. Die Unwissenheit der Männer regte mich richtig auf. »Feigen sind nicht schlecht, aber sehr zuckerhaltig. Die treiben den Insulinspiegel hoch. Magnesiumpulver ist viel effektiver. Am besten nehmt ihr es morgens auf nüchternen Magen. Und eben Weizenkleie, die wirkt auch.«

Eine heftige Diskussion entstand, drei Männer gegen eine Frau. Bald verließen zwei der Männer den Raum. Das Gespräch war ihnen in Ermanglung guter Argumente wohl zu mühselig geworden. Nur einer hielt die Stellung und lud mich hinterher auf ein Mineralwasser ein. So begann meine Beziehung zu Mario, und ich hätte mir damals nie träumen lassen, dass dieser junge Mann, ein gelernter Masseur, der als Türsteher jobbte, mein Ehemann werden würde.

Als er mir später den Hof machte, war ich zunächst alles andere als begeistert. Ich fand es anstrengend, wie er jede nur erdenkliche Ausrede benützte, um mich an der Haustür abzupassen und mich mit Anrufen zu bombardieren. Anfangs dachte ich, dass er früher oder später schon aufgeben würde. Doch dann fielen mir die Worte einer alten Dame ein, deren Pflegerin ich einmal gewesen war. »Weißt du, Mädchen«, hatte sie gesagt, ohne dass es irgendeinen Anlass dafür gegeben hätte, »ein Mann muss dich immer mehr lieben als du ihn. Dann kannst du alles von ihm haben und er wird auch deine Kinder gut behandeln.« In Gedanken hatte ich der Frau, deren nackten, alternden Körper ich gerade gereinigt und eingecremt hatte, Recht gegeben. Selbst zu sehr zu lieben konnte wehtun. Die Angst vor dem Verlust des Menschen, dem man so viel von sich schenkte, war immer zu groß. Diese Art von Liebe war wohl kaum die richtige Basis für eine gesunde Ehe. Jedenfalls nicht für mich.

Mario hatte noch einen Vorteil. Er sah toll aus. Er war ein Bild von einem Mann, ein Typ wie Barbies Ken, der perfekte Protagonist für den Traum vom bürgerlichen Familienglück. Ganz allmählich wuchs in mir der Wunsch, seine Frau zu sein, seine Kinder großzuziehen, hinter ihm zu stehen und bei ihm zu sein. Ich fühlte mich stark, stark genug, um dafür zu sorgen, dass alles gut gehen würde. Ich würde mein Traumhaus mit ihm bauen, es immer schön aufräumen, die Kinder sauber halten und sie erziehen. Genau das tat ich dann auch.

Natürlich hatte Mario auch Schwächen. Zwar sah er aus wie Ken, sein Wesen jedoch entsprach weniger den klassischen Mädchenfantasien. Er war absolut unangepasst, ungebildet und flegelhaft. Dafür griff er mir schon kurz nach unserem Kennenlernen bei praktischen Dingen wie dem Einrichten meiner Wohnung unter die Arme. Er half mir so lange, bis eines Tages eine Socke von ihm in meinem Kleiderschrank und er selbst eine ganze Nacht bei mir im Bett liegen blieb.

Meine eigene Mutter hatte mir vorgelebt, dass hinter jedem erfolgreichen Mann eine starke Frau steht. Mein Vater hatte die Familie erhalten, doch die Hosen hatte meine Mutter angehabt. Sie hielt ihm den Rücken frei und widmete sich unserer Erziehung. An den Wochenenden machte mich meine Mutter für unsere gemeinsamen Familienausflüge im Dorf zurecht. Meine Strümpfe blitzten schneeweiß unter dem frisch gebügelten Rock hervor, wenn mich mein Vater, dessen ganzer Stolz ich war, durch die Luft wirbelte. Schon damals begriff ich, dass es meine Mutter war, die für den Glanz in seinem Leben sorgte und ihm damit die Kraft gab, die er für seine Rolle in der Familie brauchte.

Auch die Schattenseiten der Ehe meiner Eltern entgingen mir nicht. Meine Mutter war all die Jahre allein mit uns Kindern. Mein Vater wiederum war aus dem Familienalltag ausgegrenzt und immer wieder gab es Streit. Als junges Mädchen überlegte ich deshalb hin und wieder, was es mit der Liebe nun tatsächlich auf sich hatte. Doch immerhin war meine Mutter erfolgreicher als viele andere Frauen. Ihre Ehe, für die sie alles tat, hielt den Jahren stand.

Es kam der Tag, an dem ich tausend Argumente dafür gefunden hatte, warum ausgerechnet Mario der Richtige für eine funktionierende Ehe nach dem Vorbild meiner Eltern war. Er liebte mich mehr als ich ihn und er war attraktiv. Im Bett lief es gut, und obwohl er weder gebildet noch eloquent war, legte er eine gewisse Intelligenz an den Tag. Das war die wichtigste Voraussetzung, um die fehlenden Tugenden noch zu erlernen. Ich wollte ihn dabei unterstützen.

Nach einem Jahr Vorbereitungszeit feierten wir eine Traumhochzeit in dem in der Nähe meines Heimatortes gelegenen Schloss Gloggnitz. Ich heiratete in einem weißen Kleid mit Schleier, das ich in einem sündteuren Brautmodengeschäft gekauft hatte. Hundert Gäste kamen. Die Tischdekoration hatte die gleiche Farbe wie die Blumenkränze der Brautjungfern. Ich werde nie vergessen, wie mein Vater Mario an den Schultern packte, so wie ein erfahrener Mann einen jungen Kerl packt. »Mach mir keine Schande«, sagte er freundlich. Wie es sich für einen zukünftigen Schwiegervater gehört, hatte sein Tonfall dabei auch etwas Bedrohliches.

Mario arbeitete zunächst als Fahrer für eine örtliche Spenglerei und Dachdeckerei. Mir war das recht. Es fehlte uns an nichts. Wir wohnten noch in einer kleinen Wohnung und waren beide fleißig. Wir lebten genau so, wie ich es aus meiner Familie kannte. Mario war tagsüber weg und ich passte auf Anke auf. Als mir das nach einiger Zeit zu langweilig wurde, beschloss ich, meinen Interessen nachzugehen. Um mehr über die Gedanken und Emotionen von Kindern zu erfahren, inskribierte ich an der Wiener Universität Psychologie. Nach dem Mutterschutz ging ich bald wieder als Pflegerin arbeiten. Niemand sollte mir nachsagen können, ich sei faul.

Meine Wünsche erfüllten sich, und zwar einer nach dem anderen. Unser zweites Kind, einen gesunden Jungen, nannten wir

Georg. Wir nahmen uns einen Hund. Bobby war ein kuscheliger Mix aus Golden Retriever und Windhund. Meine Pläne für Mario gingen auf. Ich ermutigte ihn, mehr aus sich zu machen, und es funktionierte. Zuerst ließ er sich zum Versicherungsmakler ausbilden. Er besaß die beeindruckende Fähigkeit, Dinge, die er nur ein einziges Mal gelesen hatte, zu behalten. »Du hast mehr drauf«, flüsterte ich ihm ins Ohr. Wenn er an sich zweifelte, sagte ich: »Du wirst es allen zeigen.«

Bald war er »staatlich geprüfter Vermögensberater«. Jetzt konnte er seinen Kunden nicht nur Haushalts- und Autoversicherungen vermitteln, sondern er machte auch Geschäfte mit Fremdwährungskrediten, Fondsprodukten und Lebensversicherungen. Sein erster großer Kunde hieß Riethmüller. Er unterschrieb eine Kreditvereinbarung, für die Mario fast achttausend Euro Provision kassierte.

Das Glück war auf unserer Seite, denn die Zeiten für Finanzberater waren gut. Die Wirtschaft blühte, die Börsen boomten, die Menschen fühlten sich sicher und wollten ihr Geld am Finanzmarkt vermehren, den sie alle nicht so richtig verstanden. Ich gab den Job als Pflegerin auf und fing an, für Privatkunden zu schneidern. Das ließ sich gut mit meinen hausfraulichen Pflichten vereinbaren. In meinem Atelier im Erdgeschoß unseres Hauses nahm ich Aufträge der örtlichen Kundschaft an, Änderungen, Reparaturen und die eine oder andere Maßanfertigung. Viel Geld brachte das nicht ein, aber Mario hätte sowieso genug für die ganze Familie verdient. Doch mir machte meine Arbeit Spaß, und es fehlte uns auch nie an Ideen, wie wir das zusätzliche Geld wieder ausgeben konnten. Ich wünschte mir zum Beispiel einen Wintergarten und Mario wollte uns mit Sonnenenergie vom öffentlichen Stromnetz unabhängig machen.

Manchmal musste ich auch Kompromisse schließen. So entwuchs Mario zwar beruflich seiner Vergangenheit, aber während seine neuen Kollegen in der Finanzdienstleistungsbranche, Ernst und Christian, nur Kollegen blieben, wurde ihm seine alte Clique noch wichtiger. Ausgerechnet dem Kumpel, den ich am wenigsten leiden konnte, war er besonders zugetan. Er hieß Heinz und repräsentierte alles, was ohne meinen Einfluss vielleicht auch aus Mario geworden wäre. Ich wusste nie genau, womit Heinz sein Geld verdiente und wollte es auch lieber nicht wissen. Er hatte nichts aus sich gemacht, riskierte aber immer eine dicke Lippe und zeigte sich mit zwielichtigen Damen. Unser Deal bestand darin, dass ich Mario wöchentlich einen Männerabend zugestand. Männer brauchen das. Die anderen Abende zelebrierten wir im Kreise der Familie. Darauf war ich unendlich stolz.

Ich fand Kompromisse in Ordnung, denn ich wollte weder eine Patchworkfamilie noch als alleinerziehende Mutter zwei Kinder mit einem Sonntagsvater großziehen. Emanzipation, wie manche Frauen sie predigen, war auch nichts für mich. Ich habe zwar nicht prinzipiell etwas dagegen, aber ich frage mich, was dieser Lebensentwurf eigentlich bringen soll. Er eröffnet neue Möglichkeiten, gut, aber die Frauen, die diese Möglichkeiten nützen, werden selten glücklich. Letztlich verlangt so ein Leben uns Frauen einen täglichen Spagat zwischen Job und Familie ab. Viele warten dann mit dem Kinderkriegen so lange, bis es zu spät ist. Für mich bestand Selbstverwirklichung immer in genau meiner Art, zu leben. Ich liebte es, für die ganze Familie zu kochen. Im Sommer aßen wir manchmal draußen im Garten und als McDonald's in unserer Nähe eine neue Filiale aufmachte, fuhren wir an Sonntagen manchmal mit den Kindern hin.

Meine Ehe war mir heilig und ich war meinem Mann treu. Das hatte ich mit Gott so vereinbart. Mit meinem Gott, der mich niemals nach den Kriterien des Zeitgeistes bewertete, für mich da war und immer auf mich aufgepasst hatte, auch damals, als ich als Kind krank gewesen war.

Wir schrieben das Jahr 2008, und wenn die Zeitungen über das Ende der Ehe als Institution, den Zerfall der bürgerlichen Mittelschicht oder das Ende der guten Jahre für die Wirtschaft unkten, dann ging uns das nichts an. Wir waren als Familie sicher und abgeschirmt von dieser Welt, in der so vieles schieflief. Wenn seit einiger Zeit Vokabeln wie Finanzmarktkrise fielen, fühlten wir uns nicht angesprochen. Amerika war so weit weg. Die Alarmglocken mochten an der New Yorker Wall Street klingeln, bei uns daheim läuteten friedlich die Kirchenglocken. Die deutschen Landesbanken waren wegen Fehlspekulationen am US-Immobilienmarkt in die Krise geraten – na und? Während in England besorgte Kunden Bankschalter stürmten, um ihr Geld zu sichern, fühlten wir uns in unserer Idylle sicher. Die Probleme da draußen, das waren Probleme von Menschen, die vielleicht zu viel vom Leben wollten und das Glück im Kleinen übersahen. Wir kümmerten uns nicht darum. Aber vermutlich hätten wir es tun sollen. Ich zumindest.

HÄNDEDRUCK

DIENSTAG, 20. OKTOBER 2009, 12:30 UHR. Wir trafen uns in einem Luxushotel. Er hatte mich über den Hostessen-Index kontaktiert, wir hatten per E-Mail eine erotische Massage vereinbart und er hatte mir einen Link mit den genauen Koordinaten samt Wegbeschreibung geschickt. Disziplin und Kontrolle waren die Worte, die mir sofort einfielen, als mir der Mann im grauen Mantel zur Begrüßung die Hand entgegenstreckte.

»Werner Weber, guten Tag«, stellte er sich förmlich vor, als wäre ich seine Steuerberaterin. Dabei sah er durch mich hindurch.

Ich nahm seine Hand und lächelte. Es war das erste Mal, dass ein Freier seinen vollen Namen nannte. Weber hatte eine schmale Nase und alles an dem Mann war aufrecht und gerade. Seine Haltung war stolz, sein Anzug saß korrekt, seine Figur war makellos, die Haare trug er streng zurückgekämmt und seine Nägel waren kurz und sauber. Er wirkte auf eine adrette Weise nett und machte auf mich den Eindruck, als hätte er sein bisheriges Leben einzig mit Büchern geteilt.

Er war schon vor mir im Hotel gewesen und nach dem Händedruck fuhren wir schweigend mit dem Lift in den zweiten Stock. Mit einer Magnetkarte öffnete er das Zimmer 215. Drinnen zog er sich sofort aus, legte, ohne mich ein einziges Mal anzusehen, seine Sachen ordentlich auf einen Stuhl und verschwand in der Dusche. Auch als er zurückkam und sich aufs Bett legte, verhielt er sich, als wäre er alleine im Zimmer.

Ich räusperte mich.

»Darf ich mit der Massage beginnen?«

»Legen Sie sich bitte einfach nackt auf mich. Geht das?«

Er sagte das höflich, aber bestimmt, als würde er den Kellner nach einem Salzstreuer fragen.

Eine kleine Ewigkeit lang musste ich nur so daliegen. Seine Haut wurde allmählich heiß und schließlich feucht. Kleine Schweißtropfen rannen seitlich von seinem Rücken auf das Laken. Seine Armbanduhr hatte er abgenommen und neben sich auf das Bett gelegt. Er ließ sie nicht aus den Augen, während wir wortlos aufeinanderklebten.

»Jetzt können Sie mit der Massage anfangen«, sagte er nach zehn Minuten. »Bitte berühren Sie mich dabei keinesfalls an den Brustwarzen, am Gesäß oder in der Intimzone.«

»Einverstanden.«

»Ich würde sonst sofort kommen«, fügte er erklärend hinzu.

Ich streichelte sanft über seinen Rücken und benützte dabei wie immer viel Öl, meine Hände, meine Brüste und meinen ganzen Körper. Er gab keinen Laut von sich, sondern fixierte weiterhin die Zeiger seiner Uhr. Es war ganz still im Raum. Als ich einmal unabsichtlich mit einer Hüfte seinen Po berührte, zuckte er zusammen.

»Vorsicht!«

Seine Stimme bebte wie Donner und ich wich erschrocken zurück.

Leicht eingeschüchtert massierte ich ihn weiter, jetzt mit Sicherheitsabstand zu seinen erogenen Zonen. Er blieb regungslos liegen und genoss meine Berührungen schweigend und mit weit geöffneten Augen. Zehn Minuten vor Ende der Stunde gab er mir erneut eine Regieanweisung.

»Jetzt möchte ich kommen.« Er drehte sich auf den Rücken und ich sah seine Erregung. »Setzen Sie sich bitte drauf.«

Er sagte das ganz ruhig, ohne jedes Keuchen und Stöhnen.

Er kam wortlos, als ich ihm das Kondom über das Glied streifen wollte. Danach bedankte er sich und legte hundert Euro auf das Bett. Zum Abschied hielt ich ihm meine Hand hin. Er schüttelte sie und ging.

2

SEPTEMBER 2008. »Wie siehst du denn aus?«

»Hm.«

Mürrisch warf Mario seine Tasche in die Ecke und schmiss sich samt Jacke und Straßenschuhen aufs Wohnzimmersofa, obwohl er genau wusste, wie wenig ich das leiden konnte. Eine glückliche Familie hatte auch etwas mit Regeln zu tun, doch ich wusste instinktiv, dass Mario in diesem Moment keine Kritik vertragen würde. Das war mehr als eine miese Montagslaune.

»Mario, alles in Ordnung bei dir?«, fragte ich.

»Lass mich einfach in Ruhe, okay?«

»Was ist denn passiert?«

Er zögerte. Schließlich stand er auf, zog mürrisch seine Jacke aus und hängte sie an die Garderobe.

»Riethmüller ist umgefallen«, murmelte er.

»Was? Oh Gott! Die achttausend Euro?«

Sofort bereute ich meine spontane Reaktion und vor allem meinen nervösen Tonfall. Männer brauchen in schwierigen beruflichen Situationen keine hysterischen Frauen, sondern tröstende Worte.

»Es gibt ja noch genug andere Kunden«, setzte ich deshalb hinzu und versuchte, ruhig zu wirken. »Und wenn du dich ein bisschen anstrengst, hast du den Ausfall bald wieder drin.«

»Es ist nicht nur Riethmüller«, sagte Mario. »Sie fallen derzeit alle wie die Dominosteine.«

Mein Blick schweifte in die Küche, wo ein Kartoffelauflauf im Ofen stand und frischer grüner Salat im Sieb abtropfte. Aber essen war vorerst nicht angesagt.

»Mario, was genau meinst du damit?«, fragte ich vorsichtig.

Die Meldungen über die amerikanische Immobilienkrise und das Platzen einer Spekulationsblase, die ich bisher ignoriert hatte, tauchten in meinem Kopf auf. Banken brachen zusammen, die Börsen befanden sich im freien Fall. Vor wenigen Tagen, am 15. September, war vom »Schwarzen Montag« die Rede gewesen. Angeblich ging es an den Börsen schlimmer zu als nach den schrecklichen Terroranschlägen von 9/11.

»Schluss, aus, Ende. Verstehst du das?« Mario war aufgebracht und wurde laut. »Die zahlen einfach seit Monaten nicht. Zero. Ich weiß auch nicht, was ich machen soll, verdammt.«

Umfallen bedeutete, dass ein Kunde die monatlichen Raten für eine Lebensversicherung oder für einen Kredit nicht mehr bezahlen konnte. Leider konnte uns das nicht egal sein. Denn Marios Verträge sahen vor, dass er seine Provision in voller Höhe zurückzahlen musste, wenn so ein Vertrag innerhalb von drei Jahren nach Abschluss platzte. Im Fall von Riethmüller war das bitter. Wir würden die achttausend Euro zurückzahlen müssen, die wir längst in unser Bilderbuchleben gesteckt hatten – in Winterjacken für die Kinder, in neue Alufelgen für Marios Auto, in Gartenmöbel und in Happy Meals bei McDonald's. Es hatte zwar zuvor schon solche Ausfälle gegeben, aber mit Provisionen für neu abgeschlossene Verträge hatten wir die Situation immer wieder zurechtgebogen.

»Und …«, fing ich an, doch Mario schüttelte den Kopf. Er wusste, was ich fragen wollte.

»Die Leute wollen und können nicht mehr. Zu viele haben schon Geld verloren. Es gibt keine neuen Verträge und auch keine neuen Provisionen mehr.«

Auf einmal fühlte sich unser Leben an wie auf Sand gebaut. Im Kopf ließ ich die vergangenen Wochen Revue passieren. Welche Signale hatte ich übersehen? Alles war nach Plan gelaufen, und ich war der Illusion verfallen, dass dieser Zustand niemals enden würde. Dabei hatte mich das Leben schon zuvor eines Besseren belehrt. Von selbst liefen die Dinge nie gut, sondern nur dann, wenn ich mit aller Kraft dahinter war. Doch ich war nachlässig geworden. Ich hatte vergessen, die Konten zu kontrollieren. Ich hatte wohl angenommen, dass es irgendwo eine wohltätige Behörde gab, die unser Recht auf Familienglück anerkannt hatte und nun dafür sorgte, dass Monat für Monat Geld bei uns einging. Nie hätte ich es für möglich gehalten, dass die weltweite Wirtschaftskrise bis in unser Wohnzimmer vordringen könnte.

»Kannst du mir erklären, wieso du das erst jetzt sagst?«, fragte ich Mario mit dünner Stimme.

»Ach, hör doch auf, Elke«, sagte er unwirsch. »Du hättest mir sowieso nicht helfen können. Ich habe gehofft, dass ich alles wieder hinkriege. Aber zu viele Verträge sind schon geplatzt. Und jetzt das mit Riethmüller …«

Sein Gesicht wirkte zum ersten Mal alt. Meine Hände zitterten. Wie hoch waren unsere Schulden bereits? Wir hatten kaum Rücklagen gebildet, sondern einfach drauflosgelebt. In den Zeiten, in denen die Provisionen fett gewesen waren, war unser Lebensstandard immer höher gestiegen.

»Wie konnte das alles passieren?«, fragte ich hilflos.

»Frag doch deinen lieben Gott.« Mario lachte bitter. »Ernst und Christian und den anderen geht es auch nicht besser«, sagte er dann. »Willst du hören, was los ist? Wir sind alle pleite. Und sag jetzt nicht, dass alles wieder gut wird. Es wird nämlich nicht gut. Es wird nur immer schlechter. Jeden Tag werfen ein paar von uns das Handtuch.«

Ich sah auf die Uhr und schaltete wie ferngesteuert das Radio an. »Geiz ist geil!«, brüllte es mir entgegen. Fahrig suchte ich einen Sender, der immer fünf Minuten vor der vollen Stunde die Nachrichten brachte. Monoton hallte der Radio-Gong durch unser Wohnzimmer. Zum ersten Mal störte mich die Höhe des Raumes, in dem die Worte des Sprechers so riesengroß werden konnten, dass sie uns zu erdrücken drohten. »Nach und nach stellen die Regierungen weltweit zur Rettung der Banken bis dahin für unvorstellbar gehaltene Summen bereit. Insgesamt geht es um Billionenbeträge, von denen ein Großteil für Bürgschaften zur Verfügung gestellt wird. Allein das deutsche Paket umfasst vierhundertachtzig Milliarden Euro.« Die Worte trafen mich wie Giftpfeile. Rettungspakete? Und wer würde ein Rettungspaket für uns schnüren? Für meine Kinder, meinen Mann, meinen Hund, mein Leben? Der Sprecher sagte irgendetwas von einem deutlichen Anstieg der Arbeitslosigkeit. Bobby bellte.

Der Hund musste noch einmal hinaus, das hatte ich ganz vergessen. Mario rührte sich nicht. Er sah aus, als würde er auch jetzt erst die ganze Tragweite unseres Problems realisieren. Ich ging zur Tür. Bobby stürmte hinaus in den Garten, in dem die Kinder spielten, und sein Bellen entfernte sich. Die darauffolgende Stille stand zwischen Mario und mir wie ein Gebirgsmassiv. Das Herz schlug mir bis zum Hals. Ich suchte Marios Augen. Er löste sich aus seiner Starre und holte sich ein Glas Wasser. Ich setzte mich, um meine Gedanken zu ordnen. Doch ich kam nicht zur Ruhe. Ziellos rannte ich im Wohnzimmer auf und ab. Wie schlimm war diese Krise wirklich? Wie lange würden wir das alles hier noch erhalten können? Wie war das mit unseren Krediten? Hatten sie im Fernsehen nicht neulich von Eigenheimbesitzern gesprochen, die ihre Raten nicht mehr zahlen konnten und von einem Tag auf den anderen auf der Straße saßen? Dabei war von den USA die Rede gewesen, aber war Europa vor solchen Szenarien gefeit? Ich presste die Augen zusammen und lehnte meine Stirn gegen die kühle Fensterscheibe. Ich stellte mir Straßen vor, überfüllt mit Menschen, die ihr Hab und Gut notdürftig zusammengepackt hatten und wie in einem von diesen Katastrophenfilmen mit verzweifelten Gesichtern Vorbeifahrende anstarrten.

Als Nächstes hörte ich mich hysterisch lachen. Ich lachte über mich selbst. Was war bloß los mit mir? In welche Gedankenspirale war ich da geraten? Das war doch absurd. Ich lebte in einem mitteleuropäischen Land. Es herrschte weder Krieg noch Hungersnot, bloß die Wirtschaft hatte ein wenig gelitten. Die Medien bauschten doch immer alles auf. Sie waren einfach nur sensationsgeil und wollten sich gegenseitig mit ihren reißerischen Schlagzeilen übertrumpfen. Sie spielten mit der Angst der kleinen Leute, weil das die Auflage steigerte. Und auch ich fiel gerade auf diese Panikmache herein. Dabei hatte ich zwei gesunde Kinder und einen fähigen, kräftigen Mann. Es war mein Wille, der in dieser Familie geschah, und wenn ich sagte, dass wir auch diese Krise meistern würden, dann würde es auch so sein. Mario würde notfalls einen neuen Job finden. Wir waren jung und in der Lage, alles gemeinsam durchzustehen.

Ich starrte nach draußen. Die Erde wirkte noch so warm im abendlichen Herbstlicht. An meinem Fenster vorbei kroch knallroter Wein die Fassade entlang himmelwärts. Kurz kämpfte ich mit den Tränen. Irgendwo jaulte ein Kind auf. Anke, meine kleine Draufgängerin, hatte sich wohl gestoßen. Ich lächelte. Anke war mir so ähnlich. Ich war den Jungs auch immer eine Nasenlänge voraus gewesen, wenn wir über die Felder gezogen waren. Ich war immer beherzter als alle anderen im Dorf gewesen. Ich musste mich nur zusammenreißen. Ich würde wieder mehr arbeiten.

Ich warf Mario einen aufmunternden Blick zu.

»Mario, holst du bitte die Kinder aus dem Garten? Wir wollen dann zusammen essen.«

3

NOVEMBER 2008. Verschwitzt sprang ich aus dem Auto. Einmal tief durchatmen und dann schnell rein. Die Schulsachen von Anke lehnten am Gartenzaun.

»Kinder, wo seid ihr?«

Der Garten war offenbar verwaist. Er sah auch nicht besonders gepflegt aus. Seit Tagen quälte mich deshalb das schlechte Gewissen, aber ich hatte beim besten Willen keine Muße dafür. Die Zeit schien davonzulaufen, während unser Kontostand immer tiefer sank.

»Elke, komm doch bitte herein!«

Mario war wie so oft in letzter Zeit früh zu Hause. Ich betrat das Haus und erstarrte. Marios Lieblingskumpel Heinz versperrte mir im Wohnzimmer den Weg und grinste mich überheblich an.

»Hallöchen! Ah, unsere liebe Elke!«

Wie sehr ich diesen Menschen verabscheute. Ich blickte hilfesuchend zu meinem Mann. Aber Mario schien meinen Blick nicht zu bemerken.

»Heinz will dir etwas sagen«, meinte er nur.

Ich mochte die Augen dieses Mannes nicht.

»Naja«, fing Heinz an. »Also Mario sagt, es geht euch nicht gerade rosig im Moment. Finanziell meine ich.«

Ich sträubte mich innerlich gegen alles, was kommen musste. Dieser Kerl glaubte doch hoffentlich nicht im Ernst, dass ich ihm traute. Wenn einer wie er Hilfe anbot, konnte das kaum Gutes bedeuten.

»Ich dachte, ihr könntet schon etwas Unterstützung gebrauchen«, fuhr er ungeniert fort. »Ich habe da ein paar Freunde, die ein recht einträgliches Geschäft betreiben und immer wieder Leute suchen.«

Er grinste und zeigte seine unappetitliche obere Zahnreihe.

»Und welche Branche soll das sein?«, erkundigte ich mich kraftlos.

»Es ist etwas im sozialen Bereich«, faselte er kryptisch. »Mario hat erwähnt, dass du früher im Krankenhaus und in der Altenpflege gearbeitet hast.«

Mario hatte diesem Widerling auch noch Einblick in meine Privatsphäre gewährt.

»Und was genau hat das jetzt mit deinem Angebot zu tun?«, fragte ich barsch.

Mario griff beschwichtigend ein. »Komm schon Elke«, sagte er. »Heinz will nur helfen.«

»Ich dachte, ich mache dich und die Jungs einfach einmal miteinander bekannt«, schlug Heinz vor. »Dann könnt ihr euch die Details selbst ausmachen.«

Der Typ war ein Wichtigtuer, der nichts geregelt kriegte. Aber Mario mochte ihn nun einmal, und ich wäre eine schlechte Ehefrau gewesen, wenn ich das nicht akzeptiert hätte. Ich war auch zu müde für weiteren Widerstand. Also machte ich gute Miene zum bösen Spiel. Außerdem konnte ich nicht wählerisch sein. Heute hatten sie in den Nachrichten gesagt, dass die Mitarbeiter von Daimler aufgrund der Finanzkrise zur Kurzarbeit gezwungen wurden. Auch BMW fuhr wegen der Absatzflaute die Produktion weiter zurück. Die deutsche Bundeskanzlerin hatte für den dritten Advent einen Konjunkturgipfel einberufen. Trübe Weihnachten kündigten sich an.

»Du kannst deinen Freunden ja mal meine Nummer geben«, sagte ich, beschloss aber sogleich, dass ich nicht auf dieses Angebot eingehen würde. Allerdings hatte Heinz recht: Ich musste mir eine zusätzliche Arbeit suchen. Ein etwas konkreteres Angebot, das ich an diesem Tag schon bekommen hatte, gewann mit einem Mal an Bedeutung für mich. Ein merkwürdiger Kerl war in einer Limousine vor unserem Haus vorgefahren, als ich gerade heimgekommen war. Es war ein Lexus, elegant, silbergrau und ebenso schnittig wie sein Besitzer. Der strich sich beim Aussteigen lässig die Haare glatt und anstatt mir die Hand zu geben, grinste er mich zur Begrüßung an.

»Frau Päsler, Sie erinnern sich an mich?«

»Wie bitte?«

Der Mann hatte sich telefonisch angemeldet. Anton Linnerth. Diesen Namen hatte ich notiert. Aber ich hätte geschworen, dass ich ihn zuvor noch nie gesehen hatte. Am Telefon war seine Stimme charmant und sein Timbre weitaus weniger draufgängerisch gewesen. Seine Statur war so imposant, wie ich sie mir vorgestellt hatte. Er war mindestens einen Kopf größer als ich, genaugenommen um dreiundzwanzig Zentimeter, wie ich später, als ich seine Maße nahm, feststellte. Ich bin allerdings für eine Frau auch eher klein.

»Ich bin der Mann, der Ihnen gestern bei McDonald's die Tür aufgehalten hat«, erklärte er mir und musterte mich unverhohlen intensiv.

Ich hätte am liebsten laut aufgelacht. Dieses Selbstvertrauen musste man erst einmal haben.

»Aha«, sagte ich also amüsiert. »Soll ich mich jetzt vielleicht dafür bedanken?«

Da lachte er offen und gewinnend. Bestimmt dachte er, dass er mit diesem Lachen jede Frau betören konnte. Mir lagen ein paar ironische Bemerkungen auf der Zunge. Aber der Kunde ist

König. Und Linnerth hatte am Telefon etwas von einem Hemd und einer Hose gesagt. Beides würde Bares bringen, das ich dringend benötigte. Also blieb ich freundlich.

»Ich wollte Sie wiedersehen und habe Sie hier gefunden«, verkündete der Mann stolz.

»Wofür allerdings kein sonderlicher Scharfsinn nötig war«, erwiderte ich nun doch etwas bissiger als geplant. »Schließlich steht mein Name samt Adresse und Telefonnummer fett auf meinem Kombi.«

Er lachte nur. Ich bat ihn freundlich herein.

»Sie brauchen also ein Hemd und eine Hose?«, fragte ich ihn, einen geschäftlichen Ton anschlagend, als wir mein Atelier betraten. »Dazu muss ich Sie erst abmessen.«

Bei Herrenhosen bleibt es uns Schneidern nicht erspart, ins Detail zu gehen. Rechts- oder Linksträger? Das macht im Schritt mindestens einen Zentimeter Unterschied aus. Im Fall Linnerth war mir das Ganze zum ersten Mal richtig peinlich. Besonders, als er sich unaufgefordert auszog.

»Sie können das T-Shirt gerne anbehalten«, versuchte ich ihn zu stoppen, doch es war schon zu spät. Mit nacktem Oberkörper stand er vor mir. Im Normalfall war das vermutlich ein Punkt für ihn. Denn er zeigte einen breiten Brustkorb und hervorragend trainierte Bauchmuskeln.

Leicht irritiert von seiner Selbstsicherheit vermaß ich ihn. Zuerst eruierte ich seinen Halsumfang. Ich legte das Maßband um seinen Nacken und zog es vorsichtig zu.

»Ist es so weit genug?«

Ich machte mit seiner Schulterbreite, seiner Taille und schließlich seiner Schrittlänge weiter. Erst als ich meine Messungen mit der Länge der Hosenbeine beendet hatte, bemerkte ich, wie amüsiert er mich beobachtete. Für mich zählte allerdings vor allem, dass er, ohne zu feilschen, bar und im Voraus bezahlte. Mit den Geldscheinen drückte er mir seine Visitkarte in die Hand.

»Damit Sie mich jederzeit erreichen können«, sagte er.

Als er mir draußen vor der Tür von seiner Firma erzählte, tat er es ohne Protzgehabe. Widerwillig gestand ich mir ein, dass mir seine gewandte Art und seiner Schlagfertigkeit gefielen. Für beides hatte Mario weder Gespür noch Talent. Geringer betrieb ein Massageunternehmen mit sieben Angestellten in Wiener Neustadt. Nebenbei verdiente er noch Geld mit dem Direktvertrieb von Nahrungsergänzungsmitteln und Kosmetikartikeln.

»Wenn Sie Interesse an einem lukrativen Nebenjob haben, lade ich Sie für den kommenden Montag gerne zu einem Informationsabend in meine Firma ein«, hatte er zum Abschied gesagt.

Während Mario, der selbst nie Alkohol trank, Heinz im Wohnzimmer ein Bier nach dem anderen kredenzte, zog ich mich in die Werkstatt zurück und versuchte einen klaren Kopf zu behalten. Die Schneiderei allein würde niemals genug abwerfen, um unser Haushaltsbudget zu sanieren. Ich könnte den ganzen Tag nur nähen und unser Schuldenberg würde doch immer weiter wachsen. Sparen war schwierig. Auf die Besuche bei McDonald's und ein paar Versicherungen konnten wir verzichten, aber an den großen Posten war nicht zu rütteln. Die Autos waren geleast und der Ausstieg aus den Verträgen wäre teuer gewesen. Das Haus wollte ich um jeden Preis erhalten. Selbst wenn wir es verkauft hätten, wäre uns nach Tilgung der Belastungen kaum genug übrig geblieben, um eine kleine Wohnung zu beziehen. Es blieb also nur die Flucht nach vorne, und das hieß strampeln. Ich musste irgendwie mehr Geld verdienen, und dabei war Linnerth zweifellos die bessere Option als Heinz. Mario würde angesichts unserer wirtschaftlichen Notlage auch nichts dagegen haben. Außerdem faszinierte mich der Gedanke, einmal rauszukommen aus meinem ruhigen Leben und für den eigenartigen Mann im Lexus zu arbeiten.

Oben hörte ich die Kinder herumspringen, die eigentlich schon im Bett sein sollten. Vielleicht war es ja so etwas wie eine Fügung des Schicksals gewesen, dass ich Linnerth ausgerechnet heute kennengelernt hatte.

HOTEL ORIENT

DIENSTAG, 29. SEPTEMBER 2009, 14:45 UHR. Wir trafen uns im Hotel Orient, einem legendären Wiener Stundenhotel und einem jener Orte, um die sich die romantischen Illusionen über das älteste Gewerbe der Welt ranken. Das Entree und die Zimmer entsprachen, opulent, dunkel, samtig und ein wenig stickig, ganz diesem Klischee. Aber für mich war das Orient ein Dienstort wie jeder andere, mit der kleinen Einschränkung, dass es mir im Normalfall durch seine öffentliche Exponiertheit zu wenig diskret und auch zu teuer gewesen wäre. Aber Hans, der mich dorthin beordert hatte, stand auf die plüschige Lokalität und er bezahlte schließlich die Rechnung. Mir sollte es also recht sein.

Die Badewanne war auch nicht viel anders als die in den mir bereits vertrauten billigeren Absteigen. Sie war für zwei eigentlich zu eng, zumal Hans ein groß gewachsener muskulöser Mann war. Mir ist es in der Wanne ohnedies immer entweder zu warm oder zu kalt, im Orient war Ersteres der Fall. Das heiße Wasser und der Dampf trieben uns den Schweiß auf die Stirn, und ich fühlte, wie mein Kopf rot anlief. Hans ging es genauso.

»Komm«, sagte er. »Raus aus dem Wasser.«

Er war mir auf Anhieb sympathisch gewesen. Im schnieken Anzug und mit einer Sporttasche unterm Arm hatte er das Zimmer betreten. Nach meinem misstrauischen Blick auf die Tasche hatte er lachend erklärt, dass sich darin nur sein Sportzeug befinde. Er arbeite in einer Bank und trainiere nach Dienstschluss eine Handballmannschaft. Als er nackt vor mir gestanden war, hatte ich gesehen, dass er auch selbst ziemlich viel trainierte.

»Dreh dich um«, befahl er, als wir auf den feuchten Fliesen neben der Wanne standen. Der Spiegel an der Decke über uns war beschlagen.

Ich bückte mich leicht nach vorne und hielt mich am Rand der Badewanne fest. Er drang unverzüglich von hinten in mich ein und bearbeitete mich mit kurzen, kraftvollen Stößen. Danach legte er sich ermattet aufs Bett und ließ sich von mir die restliche Dreiviertelstunde massieren.

Von da an traf ich Hans regelmäßig, auch später noch, als ich bereits meine eigene kleine Dienstwohnung in Betrieb genommen hatte. Wie es der Zufall wollte, lag sie auf seinem Weg von der Bank zum Sportplatz. Er meldete sich meistens spontan. »Bin in deiner Nähe, hast du jetzt Zeit?«, fragte er dann per SMS an. Mit »jetzt« meinte er immer sofort und auf der Stelle. Es war relativ leicht, ihn in meinem Zeitplan unterzubringen, denn er brauchte nie mehr als zehn Minuten. Er wollte die schnelle, unkomplizierte Befriedigung und war dabei sehr höflich und nett. Hans erzählte nie, was er tat, wenn ich einmal keine Zeit für ihn hatte, aber das spielte für mich auch nicht die geringste Rolle.

4

NOVEMBER 2008. Während des gesamten Vortrags hing ich an seinen Lippen. Anton Linnerth verstand es, sein Publikum zu fesseln. Ich fing noch in der gleichen Woche bei ihm an und lernte schnell. Ich bekam eine Mitgliedsnummer seiner Firma H&S und war von diesem Moment an selbstständige Verkäuferin von Nahrungsergänzungsmitteln. In meiner Schneiderei legte ich ein kleines Lager an. Wenn einer meiner Kunden zum Beispiel über Abnutzungserscheinungen in den Knien klagte, verkaufte ich ihm Glucosamin für den Knorpelaufbau. Wem die vierzig Euro dafür zu viel waren, den warb ich als Mitglied an, dann konnte er um fünfundzwanzig Prozent billiger einkaufen, konnte die Produkte selbst vertreiben und ich schnitt am Gewinn mit. Darin lag die Chance dieses Geschäftsmodells. Ich bot über kijiji.at, eine Plattform für Gratisinserate, ein »leicht verdientes Nebeneinkommen« an. Auf diesem virtuellen Jahrmarkt tummelten sich Vertreter der unterschiedlichsten Branchen. Auch zweifelhafte Angebote waren dabei. »Susi bietet Mmmmhhhassagen« stand dort zum Beispiel oder: »Ich massiere gerne, und wenn du gerne massiert wirst, ruf mich an.« Das erinnerte mich daran, dass Mario gelernter Masseur war. Er hatte den Beruf zwar lange nicht mehr ausgeübt, ich schlug ihm dennoch vor, in den seriösen Rubriken zu inserieren und auf diese Art unser Einkommen aufzubessern. Aber Mario fehlte jeglicher Antrieb. Der Zusammenbruch seiner Finanzgeschäfte hatte ihn schwer geschockt, und ich spürte, dass er die Talsohle seiner persönlichen Krise noch nicht erreicht hatte. Er ließ sich gehen und zog mit Heinz um die Häuser. Ich wusste nicht, ob er sich am Ende wieder erholen oder ganz aufgeben würde.

Ich kam indessen aus dem Arbeiten gar nicht mehr heraus, weil ich inzwischen aus Geldmangel auch die Kleider meiner Kinder selbst nähen musste. Wenn es irgendjemanden gab, auf den ich in dieser Situation setzen konnte, dann war ich das selbst. Für mich war das sogar in Ordnung. Ich würde alles für meine Familie tun und auch Mario unterstützen, so lange ich konnte. Ich verstand ihn. Männer treffen berufliche Probleme besonders hart. Einige Leute in unserem Ort sind deshalb schon dem Alkohol verfallen. Bei Mario war es besonders schlimm. Auf mein gutes Zureden hin hatte er gebüffelt wie ein Klassenbester, und jetzt schien alles umsonst gewesen zu sein. Und dabei konnte er nicht einmal etwas für seinen Absturz.

Also beschloss ich, ihm Zeit zu geben, und arbeitete so viel wie möglich. Aber je mehr ich mich mit kijiji.at beschäftigte, umso mehr anzügliche Anzeigen entdeckte ich. Sie ließen mir bald keine Ruhe mehr. Gab es tatsächlich so etwas wie einen virtuellen Strich? War das überhaupt legal? Und wo spielte sich das alles ab? Ich fing an, mir die schlimmsten Bilder auszumalen. Ich stellte mir vor, dass Mädchen ihre Körper willenlos und abhängig von gewalttätigen Zuhältern Freiern aus dem Internet hingeben mussten. Ich stellte mir misshandelte und missbrauchte Kreaturen vor, die auf dieser Welt ganz alleine waren und ihre Liebesdienste in der Not im Online-Shop verkauften. Irgendjemand muss ihnen doch helfen, dachte ich und beschloss, mich mit meinem Direktmarketing an solche Frauen zu wenden.

Wahllos rief ich eine Nummer an. Sie gehörte einer Lara (25, mit großer Oberweite), die täglich von zwölf bis vierzehn Uhr massierte.

»Hallo?«, meldete sich eine Mädchenstimme.

»Ich habe Ihr Inserat auf Kijiji gelesen und wollte Ihnen einen Job anbieten«, sagte ich. »Bitte verstehen Sie mich nicht falsch. Es handelt sich um einen ordentlichen Job, bei dem Sie ganz gut verdienen können, wenn Sie sich ein bisschen anstrengen.«

Ein ordentlicher Job. Was redete ich da? Mit einem Mal kam ich mir überheblich und lächerlich vor. Aber diese zarte, leise Stimme und dann diese halbseidene Massage-Nummer. Dagegen müsste sich doch etwas tun lassen.

»Äh? Wie meinen Sie das?«, fragte Lara oder wie auch immer sie wirklich hieß.

»Es geht wie gesagt um einen vernünftigen Job. Wollen Sie am kommenden Dienstag zu einer kleinen Präsentation kommen?«

Vor meinem inneren Auge sah ich alle erdenklichen Grausamkeiten, die Lara über sich ergehen lassen musste. Demütigung, Prügel, Vergewaltigung. Zum Glück unterbrach sie meinen Gedankenfluss.

»Wie viel verdient man da?«

»Am Anfang sind es fünfzig oder hundert Euro im Monat, vielleicht einmal dreihundert. Wenn Sie dran bleiben und Ihre Sache gut machen, kommen Sie mit der Zeit auf zweitausend oder mehr. Unser Chef verdient glatte viertausend im Monat damit. Für Fleißige ist alles möglich.«

Lara lachte höflich.

»Dreihundert klingt gar nicht so schlecht, aber das verdiene ich in drei Stunden«

»Wie bitte?«

Nicht nur Lara lachte mich aus. Ich rief so ziemlich jede leichte Dame an, die auf kijiji.at inseriert hatte. Meine wesentliche Erkenntnis dabei war, dass sich diese Frauen freiwillig prostituierten. Die Vorstellung, den eigenen Körper zu verkaufen, kam mir so erbärmlich vor. Doch für den Direktvertrieb interessierte sich keine einzige der Frauen.

5

DEZEMBER 2008. Ein unangenehmer Geruch weckte mich. Mario fingerte an meinem Pyjama herum. Eine Weile regte ich mich nicht, in der Hoffnung, dass er neben mich hinsinken und einschlafen würde.

»Mario, lass gut sein«, flüsterte ich schließlich. Er sollte nicht bemerken, dass ich weinte.

Ich wusste nicht einmal genau, warum ich weinte. Ob aus Müdigkeit, Traurigkeit oder einfach aus Hunger. Hunger nach einem guten warmen Abendessen im Kreise meiner Lieben. Oder Hunger nach dem Leben, nach einem Leben, das funktionierte, in dem wir alle gemeinsam lachten. Wie früher. Viel früher. Waren das wirklich wir gewesen?

»Elke, komm schon. Stell dich doch nicht so an!«

Mario roch nach Kneipe. Er widerte mich nicht an. Ich war nur so unendlich ausgebrannt. Der Direktvertrieb war nur ein Tropfen auf den heißen Stein. An die Hoffnungen, die ich den Internet-Nutten machen wollte, klammerte ich mich täglich selbst vergebens. Ich schaffte selbst keine dreihundert Euro im Monat, und selbst dreihundert Euro wären angesichts unserer laufenden Kosten lächerlich gewesen. Jeden Tag platzten neue Lebensversicherungen und Kredite, die Mario abgeschlossen hatte, und er versuchte inzwischen gar nicht mehr, neue an Land zu ziehen. So sehr ich mich auch bemühte, unsere wirtschaftliche Existenz brach unaufhaltsam zusammen.

Ich musste schlafen. Morgen war wieder ein Tag mit dicht gedrängtem Zeitplan. In letzter Zeit vergaß ich manches, was bei mir ein schlechtes Zeichen war. Denn eigentlich war ich ordentlich und gewissenhaft wie alle im Sternzeichen Jungfrau

Geborenen. Wenn ich anfing, Dinge zu vergessen, hatte ich das Gefühl, allmählich die Kontrolle zu verlieren.

Mario hatte meine Pyjamahose besiegt, kickte sie mit dem Fuß auf den Boden. Ich spürte das ganze Gewicht seines Körpers auf mir. Seine Bewegungen waren hastig und unkoordiniert.

Die Kinder fertig machen und in den Kindergarten beziehungsweise in die Schule bringen. Vor dem Wegfahren das Frühstück für Mario bereitstellen. Dann zurück nach Hause, Inserate ins Internet stellen und E-Mails beantworten. Dann ein paar Stücke fertig nähen. Dann zu Herrn Wagerl fahren, meinem letzten Patienten aus meiner Zeit als Altenpflegerin, den ich die ganze Zeit über behalten hatte. Auf dem Weg zu ihm ein paar fertige Stücke aus der Schneiderei ausliefern und hinterher die Kinder abholen. Mittagessen kochen. Am Nachmittag Haus- und Gartenarbeit. Hoffen auf Kunden für die Schneiderei.

Mario kam mit einem tiefen Seufzer, rollte von mir herunter und schnarchte übergangslos. Ich starrte in die Dunkelheit. Morgen war Montag, also stand am Abend ein Vortrag bei Linnerth an. Ich würde das grüne Kleid anziehen. Ich freute mich darauf. Endlich fielen mir die Augen zu.

Ich schreckte aus dem Schlaf auf. Es war drei Uhr morgens. Leise schlich ich in mein Büro. Der Computer war im Ruhezustand. Im Posteingang befanden sich acht neue E-Mails. Wieder hatte eines der Mädchen, die ich kontaktiert hatte, gefragt, wie viel sie pro Tag verdienen würde. Pro Tag? Was für Vorstellungen hatten die denn? Ich schrieb ihr zurück. Das Haus lag so friedlich und still da. Ab und zu knackste es irgendwo. Bobby hatte sich zu meinen Füssen eingerollt. Seine regelmäßigen Atemzüge beruhigten mich. Morgen würde ich Mario fragen, ob er nicht doch wieder massieren wollte. Ich hatte keine Ahnung, was er den ganzen Tag über trieb. Zwar beteuert er immer, dass er arbeitete, aber die einzigen Zeugnisse seiner Aktivitäten waren verschwitzte Trainingsanzüge in der Wäsche. Wie lange war ich nicht mehr in der Sauna oder im Fitnessstudio gewesen?

Trotzdem stiegen unsere Schulden, statt zu sinken. Wenn ich nur meine Mutter bitten könnte, uns ein wenig zu unterstützen. Aber sie würde vor Sorge krank werden. Vor Kurzem hatte sie mich ganz alarmiert angerufen. Frau Kowelski, ihre Nachbarin, hätte mich auf der Straße gesehen und ich hätte so schlecht ausgesehen. Ich hatte mehr als eine halbe Stunde gebraucht, um sie zu beruhigen.

Ich spürte meinen Rücken nicht mehr. Tat er weh? Ich wusste es nicht. Schnell warf ich einen Blick auf den aktuellen Kontostand. Es war wirklich zum Verzweifeln. »Zehntausend Euro«, stand da, aber in Rot und mit einem Minus davor. Ich verdrängte die Zahl rasch wieder. Doch der morgige Einkauf würde eine Herausforderung werden. Mir war das Essen egal, aber die Kinder sollten nichts von unseren Schwierigkeiten merken. Ich wog mittlerweile nur noch siebenundvierzig Kilo, was spürbar unter meinem Normalgewicht war.

Wenige Stunden später erwachte ich vom Rufen der Kinder.

»Mama, Mama!«

Anke war schon in aller Früh ein Wirbelwind. Mario lag noch schwer am anderen Ende des Bettes. Ihn schien nichts um seinen Schlaf bringen zu können.

»Kinder, wie weit seid ihr mit dem Anziehen?«

»Fast fertig. Bobby will raus!«

Ich setzte Wasser auf. Früchtetee war ohnehin gesünder als ständig gezuckerter Kakao für die Kinder. Es gab auch noch ein bisschen Brot von vorgestern. Ich würde es im Rohr aufbacken.

Schritt für Schritt spulte ich mein Tagespensum ab. Ich war ein wenig spät dran, als ich bei Herrn Wagerl ankam. Zu seiner Wohnung besaß ich längst einen Schlüssel, denn er schaffte es nicht mehr bis zur Tür. Von drinnen schlug mir ein intensiver Geruch entgegen.

»Hallo Herr Wagerl! Ich bin's, Elke.«

Ich hörte ein Krächzen, dann folgte ein dumpfer Knall.

»Herr Wagerl, alles in Ordnung?«

In der Küche lag ein gekrümmtes Männlein am Boden. Sein rechtes Bein hatte sich in den unteren Verstrebungen des einfachen Holzstuhls verklemmt.

»Herr Wagerl, um Gottes Willen, was machen Sie denn für Sachen? Wieso sind Sie nicht im Bett?«, rief ich.

»Ich wusste ja nicht, ob Sie noch kommen, Mädchen«, sagte er. »Ich habe Hunger, auch wenn ich nicht mehr laufen kann.«

Sanft zog ich seinen zerbrechlichen Fuß zwischen den engen Holzstäben hervor. Er verzog das Gesicht.

Mit den Jahren war mir der alte Mann ans Herz gewachsen. Deshalb hatte ich weiter für ihn gearbeitet, als ich alle anderen Klienten aufgegeben hatte. Er gab mir das Gefühl, gebraucht zu werden. Seine Frau war vor zehn Jahren gestorben. In letzter Zeit hatte er sich zu einem Pflegefall entwickelt. Ich kochte für ihn, machte sein Bett, wusch ihn, legte ihn hin und neuerdings wechselte ich auch seine Windeln. Ich wusch sein Gesäß und trocknete seinen verwelkten kleinen Penis ab. Er sagte dann: »Kannst gerne ein bisschen länger rubbeln, Mädchen.«

Wenn ich ihn nach seinem beschwerlichen Gang zur Toilette zurück ins Bett hob, hatte ich manchmal das Gefühl, die Last der Welt hinge an meinen Schultern. Auch so ein mageres Wesen wog schwer in all seiner Passivität.

6

DEZEMBER 2008. Die Kinder wurden immer mehr zu einem Spiegel meiner Seele. Ich hatte schon an der Uni in der Theorie gelernt, dass Kinder die Probleme ihrer Eltern genau spüren und widerspiegeln, und jetzt machte ich diese Erfahrung in der Praxis. Anke und Georg wurden immer launischer. Sie stritten und waren frech zu mir. Wegen jeder Kleinigkeit quengelten sie. Ganz wie ihr Vater. Oder war ich doch selbst schuld an der schlechten Stimmung? Ich fürchtete mich vor dem nahenden Advent. Wir würden dieses Jahr nicht viel zu lachen haben. Immerhin waren wir damit nicht alleine. Die Prognosen für das kommende Jahr waren pechschwarz. Experten sagten einen dramatischen Rückgang des Bruttoinlandprodukts voraus. Die schlimmste Krise seit der großen Depression in den Dreißigerjahren drohte. Auch der Konjunkturgipfel in Deutschland hatte keine Lösung und kaum Hoffnung gebracht. Mario war inzwischen jeder Weihnachtsstern zu teuer. Neuerdings ließ er die Kinder vor dem Verlassen des Hauses sogar möglichst viel Wasser trinken, damit sie später keine Limonade wollten.

Wo blieb Mario bloß?

Langsam wurde ich nervös. Wenn er nicht gleich kam, würde ich ihn eigenhändig heimholen. Er musste auf die Kinder aufpassen. In anderthalb Stunden würde ich gemeinsam mit Anton Linnerth zum wöchentlichen Infoabend fahren. Als wir vergangene Woche zum ersten Mal als Duo aufgetreten waren, hatte ich mich seit Langem wieder einmal wohl in meiner Haut gefühlt – wichtig und attraktiv. Bei den anstehenden Themen Ernährung und Entschlackung hatte ich mich ausgekannt. Ich wusste nicht erst seit Kurzem, was ein Körper benötigte, um mit möglichst wenigen Lebensmitteln auszukommen. Früher hatte ich meiner schlanken Linie zuliebe gehungert. Ich war dabei immer konsequenter gewesen als die meisten Frauen bei ihren Diäten. Mein eigener Körper war mir ein zutiefst vertrautes Wesen. Ich kannte jeden Quadratmillimeter von ihm.

Verdammt, wo steckte Mario?

Ich war so aufgeregt. Aufgeregt wegen des Termins mit Linnerth. Dabei liefen unsere Treffen einfach nur professionell ab. Trotz seiner mir anfänglich unheimlichen Selbstsicherheit war Linnerth mir gegenüber nie unverschämt, geschweige denn zudringlich aufgetreten. Alles war ein bisschen wie ein Spiel abgelaufen. Besser gesagt wie eine Spielerei zwischen gut gelaunten Menschen. Diese Plänkelei aber hielt mich in der letzten Zeit über Wasser. Ohne diese Momente, die mir hinterher immer unwirklich vorkamen, hätte ich oft nicht mehr weitergekonnt. Ich brauchte sie wie ein Alkoholiker die Flasche. In diesen Momenten fühlte ich mich lebendig.

Wenn Mario nicht bald nach Hause kam, würde ich durchdrehen. Er durfte mir nicht auch noch dieses letzte Stückchen Glückseligkeit nehmen. Nur das bitte nicht.

Da hörte ich endlich ein Geräusch an der Tür. Mario grüßte mich flüchtig. Vor lauter Erleichterung stürzte ich ihm mit einer überschwänglichen Geste entgegen. Er sah mich mit einer Mischung aus echter Überraschung und einer gewissen Herablassung an.

»Du bist ja gut gelaunt.«

»Ich muss gleich los. Das Essen steht im Ofen.«

Noch ehe Mario abgelegt hatte, war ich zur Tür heraus.

Auf der Windschutzscheibe hatte sich eine weiße Schicht Raureif gebildet. Die Scheibenwischer schafften es gerade noch, die Sicht zu klären. Den Regler für die Heizung drehte ich ganz nach rechts.

Eigentlich hatte ich die Adventzeit immer gemocht. Ich liebe den Duft von Lebkuchen in den Konditoreien und das Glänzen und Glitzern in den Supermärkten. Morgen würde ich unsere Weihnachtsdekoration des letzten Jahres durchschauen. Einiges war vielleicht noch brauchbar. Wie hieß es doch so schön? Not macht erfinderisch.

In der Dunkelheit leuchtete der Hauseingang der Familie Linnerth wie das Tor in eine märchenhafte Welt. Die Tür ging auf und aus dem erleuchteten Torbogen löste sich die kräftige Gestalt Anton Linnerths. Ich war ihm dankbar für die Momente des Glücks, die ich mit ihm erlebte. Er war der einzige Mensch, der im Moment wirklich stolz auf mich war. Ich hatte vor Kurzem die Idee gehabt, mit Apotheken zu kooperieren und durfte ihn jetzt bei Geschäftsterminen begleiten. Die Infoabende verliehen meinem Leben Farbe, und hinterher nähte ich oft bis in die tiefe Nacht hinein. Herr Wagerl hatte mich eines Tages mit einem Augenzwinkern gefragt, ob ich verliebt sei. »Verliebt? Um Himmels willen!«, hatte ich schockiert geantwortet. Ich war schließlich verheiratet.

Antons Frau kannte ich noch nicht. Angeblich war sie sehr hübsch und warmherzig. Er führte mit ihr eine glückliche Ehe mit zwei Vorzeigekindern, Familienurlaub und Sonntagsbraten. Ich verbat es mir, darüber nachzudenken. Ich war nicht eifersüchtig, aber es tat weh zu sehen, dass sie mein Traumleben führten. Der Kontrast zu meiner eigenen ausweglosen Misere war zu bitter. Dass Anton in Sachen Frauen angeblich kein Kind von Traurigkeit war, änderte auch nichts an meinem Kummer.

PUTZLAPPEN

DIENSTAG, 6. OKTOBER 2009, 14:30. Vor dem Gemeindebau fand ich schneller als erwartet einen Parkplatz und spazierte noch gemächlich durch die eher triste Wohnanlage. Die grauen massiven Mauern waren gespickt mit kleinen Fenstern und überall waren Schildern aufgestellt, auf denen stand, was alles verboten war: Skateboard, Rollschuh und Rad fahren, Wäsche aufhängen, grillen und so weiter.

Der Mann, der mir seine Wohnungstür in einem der hinteren Trakte öffnete, passte nicht hierher. Sein teurer Anzug und seine handgenähten Schuhe sagten mir, dass er sich die kleine spärlich möblierte Wohnung als Absteige leistete, um hier seiner Lust zu frönen. Viele verheiratete Männer mit Geld taten das. Ich fand das weder gut noch schlecht, ich bewertete es nicht. Trotzdem fühlte ich mich bei dem Hünen mit dem krausen Haar und den hervorstehenden Augen nicht besonders wohl.

Er quasselte unglaublich viel, ohne dabei nervös zu sein. Er erzählte mir, dass er mit dem Verkauf von Swimmingpools vermögend geworden war und dass er mit seiner Frau, einer Kinderpsychologin, in einem schmucken kleinen Haus in Nussdorf wohnte.

»Mit Schwimmbad nehme ich an«, tat ich interessiert.

»Meine Frau ist eine Drecksau«, erwiderte er übergangslos, während er sich auszog.

»Aha«, sagte ich, weil ich nicht wusste, was ich antworten sollte.

»Sag du auch, dass sie eine Drecksau ist«, verlangte er. »Sag, wie du über so eine verdammte beschissene Drecksau denkst.«

Er hatte per E-Mail Kontakt mit mir aufgenommen und wir hatten mein klassisches Programm vereinbart. Von außergewöhnlichen Wünschen war nicht die Rede gewesen.

»Ich kenne sie ja nicht«, sagte ich vorsichtig und merkte, wie ich zu schwitzen begann.

»Sie ist ein widerlicher, verschissener Putzlappen, abgelebt, verbraucht, das Allerletzte, verstehst du? Falten im Gesicht, hängender Arsch, Krampfadern, alles, was ein Mann nicht braucht. Und dabei ist sie auch noch eine verfickte Charaktersau.«

Unter der Dusche redete er weiter.

»Weißt du, was ich durch diesen Putzlappen von einer Frau gelernt habe?«, schrie er so laut aus dem Badezimmer, dass auch die Nachbarn mithören konnten. »Dass ich im Prinzip kein Problem damit hätte, eine Frau zu schlagen. Zumindest bei diesem Drecksweib. Die ist so ekelhaft, so widerlich, dass das auch eine Art von Gewalt ist, verstehst du?«

Ich war erst halb nackt und hätte mich noch verdrücken können. Andererseits war es wohl nur sein Spiel. Er brauchte die Schimpferei eben – bellende Hunde beißen nicht – und ich brauchte das Geld.

Nackt und ohne Handtuch kam er aus der Dusche. Sein aufgetriebener Bauch passte nicht zu seinem restlichen athletischen Körper. Seine Oberschenkel sahen aus, als würde er sehr viel Rad fahren, und sein Penis war riesig.

»Jetzt sag mir bitte, wie du über meinen Putzlappen zu Hause denkst«, forderte er mich auf.

»Tut mir leid, aber ich glaube, das bring ich nicht«, sagte ich.

»Okay«, meinte er geduldig, als hätte er schon mit so einer Antwort gerechnet. »Dann sprich mir einfach nach. Einverstanden?«

»Einverstanden.«

»Dieser Putzlappen von einer Frau ist die dreckigste widerlichste Schlampe, die ich jemals gesehen habe«, sagte er.

»Dieser Putzlappen von einer Frau ist die dreckigste widerlichste Schlampe, die ich jemals gesehen habe«, echote ich, während ich mich mit seinen Hoden befasste.

»Na also, geht ja.«

Er wirkte zufrieden.

»Diese hinterhältige Schlampe soll in der Gosse verrecken«, sagte er.

»Diese hinterhältige Schlampe soll in der Gosse verrecken«, sagte ich.

Auf diese Art machten wir weiter, auch noch, als er sich umgedreht hatte und ich mich auf sein bestes Stück konzentrierte. »Putzlappen« schien sein Lieblingswort zu sein, gefolgt vom verwandten »Putzlumpen«. Das Wort »Nutte« verwendete er nie, vielleicht aus Höflichkeit mir gegenüber, zumindest versuchte ich mir das einzureden.

Auf einmal richtete er sich auf.

»Und jetzt pinkelst du mich an«, sagte er.

Diesen Satz hatte ich nun schon verblüffend oft gehört. Manchmal, wenn ich mir auf der Straße die Männer ansah, dachte ich daran, dass sich wohl auch ein guter Teil dieser Herrn für ihr Leben gern anpinkeln ließ. Ich hätte etwas Derartiges früher niemals für möglich gehalten.

»Das bringe ich definitiv nicht.«

Er spürte die Bestimmtheit in meinen Worten, blieb aber auch diesmal wieder geduldig.

»Okay«, sagte er. »Dann geh aufs Klo, mach ins Glas und bring es mir.«

Ich wäre am liebsten im Boden versunken, als ich ihm das Glas mit der noch warmen Körperflüssigkeit überreichte. Er setzte es ansatzlos an die Lippen und trank es in einem Zug aus.

Beinahe hätte ich auf den Boden gekotzt.

»Tut mir leid, aber ich muss jetzt gehen«, sagte ich rasch.

Ich faselte noch etwas vom nächsten Termin, nahm meine Sachen und rannte durch die graue Steinwüste. Als ich endlich im Auto saß, hätte ich noch immer am liebsten die Tür aufgerissen und auf die Straße gekotzt. Dreihundertachtzig Euro waren allerdings gutes Geld. Deshalb sah ich ihn wieder. Das Programm blieb immer gleich. Einmal bot er mir tausend Euro als Erfolgsprämie an, falls ich es schaffen würde, dass er in mir käme. Mit Kondom natürlich.

»Ich hab da ein Problem«, gab er zu. »Aber du bist so schön, vielleicht schaffe ich es mit dir.«

Er tat mir inzwischen ein bisschen leid. Ich strengte mich für ihn an, konnte aber auch nichts anderes tun, als eine Frau eben in dieser Situation tut. Ich spannte meine Beckenbodenmuskulatur an, so gut ich konnte. Aus der Prämie wurde auf die Art nichts. Als ich genug andere Kunden hatte, ging ich nicht mehr zu ihm.

7

DEZEMBER 2008. »Wo bist du?«

»Sorry, komme nicht zum Essen.«

»Habe gekocht.«

»Esse am Abend.«

»Die Kinder werden enttäuscht sein.«

»Muss mich um Arbeit kümmern.«

Wieder eine Abfuhr von Mario, diesmal per SMS. Der Platz an unserem Esstisch, an dem bereits sein Teller stand, würde auch heute leer bleiben. Er ließ mich nicht nur mit den Kindern allein, sondern auch mit den Sorgen. In meinem Portemonnaie befand sich nur noch ein einziger Zehn-Euro-Schein. Unsere EC-Karten waren bereits gesperrt. Das Einzige, was noch im Kühlschrank glänzte, war das weiße Plastik der leeren Fächer. Bargeld würde ich erst in fünf Tagen bekommen. Mir fehlte sogar das Geld für die kleinen Investitionen wie Zwirn, den ich dringend in der Schneiderei brauchte. Allein saß ich mit dem stummen Handy in der Küche. Zehn Euro. Bald würde ich mit den Kindern auf der Straße sitzen. Ich musste mir schnell etwas einfallen lassen. Im Keller hatte ich einen kleinen Vorrat für Notfälle angelegt. Selbst gemachte Marmelade und einige Gläser Apfelmus gab es dort noch. In die Schule würde ich Anke und Georg je ein Stück Brot mit Butter und Salz mitgeben. Aus den Beeren aus dem Garten, die ich im Spätsommer eingefroren hatte, konnte ich ein Kompott machen. Ich stemmte mich gegen den Untergang.

Zwei Wochen später stocherte ich resigniert in meinem kunstvoll kreierten Mahl herum. Es war mir nicht leicht gefallen, aus einer Dose Mais, ein paar Nudeln und zwei Scheiben

Schinken etwas zu zaubern, das die Mägen der Kinder füllte. Während ich den beiden beim Essen zusah, dachte ich an die strenge Diät, die ich mir vor Jahren selbst verordnet hatte. Zur Selbstmotivation las ich damals Tatsachenberichte kriegsgeschädigter Menschen, die beschrieben, wie sie gegen den Hungertod Sägespäne, die sie zwischen Bahngleisen fanden, mit Wasser anrührten und aßen. Ich besuchte damals einen Lehrgang für medizinische Facharbeit in Wien. Es war eigentlich eine gute Zeit. Ich hatte meine erste eigene kleine Wohnung und war endlich frei. Meine Mutter hätte mir die Diät nie erlaubt. Sie war eine gute Köchin und mästete mich wie eine Martinigans. Wer etwas leisten wollte, der musste aufessen. Das begann schon beim Frühstück mit Butterbrot und Marmelade sowie stark gezuckertem Tee. Ich wog damals immer zehn bis elf Kilo zu viel. Am Ende meines Diätjahres hatte ich zehn Kilo abgenommen, besaß ein Diplom mit ausgezeichnetem Erfolg und mein erstes figurbetontes Etuikleid in Flieder.

»Mama, wann kommt Papa?«, fragte Anke.

Kommende Woche stieg bei Linnerth eine Weihnachtsfeier. Darauf freute ich mich.

»Er kommt gar nicht, stimmt's?«

»Sei nicht traurig. Morgen essen wir wieder alle zusammen.«

Anke zwinkerte mir zu.

»Mama, ich bin nicht traurig. Wenn Papa nicht da ist, meckert wenigstens niemand.«

Ich lächelte ihr zu und Georg grinste mich aufmunternd an. Ich war so stolz auf meine Kinder.

8

DEZEMBER 2008. Als Anton seine Gitarre auspackte, erreichte die Stimmung den Höhepunkt. Um mich herum glitzerte es im Studio. Der Weihnachtsschmuck war wunderschön und sehr geschmackvoll. Gegessen hatte ich mit schlechtem Gewissen. Am liebsten hätte ich etwas vom Buffet eingepackt und den Kindern mitgebracht. Anton strahlte mich von der improvisierten Bühne an. Meine Gedanken drehten sich im Kreis. Ich war etwas beschwipst. Normalerweise trank ich keinen Tropfen Alkohol. Das eine Glas zum Anstoßen hatte ausgereicht, um mich in eine leicht überdrehte dusselige Stimmung zu versetzen. Vor mir verwandelte sich der Empfang des Fitnesscenters in einen schmucken kleinen Ballsaal. Als ich noch ein Kind war, hatten wir am Heiligen Abend auch immer gesungen. Ich hatte dazu musiziert. Acht Jahre lang hatte ich Klavier und mehr als fünf Jahre lang Gitarre gelernt. Vor dem Weihnachtsbaum hatten wir uns an den Händen gehalten. Die Wunderkerzen hatten durch das Tannengrün geblitzt, während die Geschenke gewartet hatten. Die Luft hatte nach gebratenen Äpfeln und Vorfreude gerochen. Mit Mario war das alles nie möglich gewesen. Es war ihm wohl zu kindisch oder einfach zu peinlich gewesen. Auch im familiären Kreis war er nie richtig aus sich herausgegangen. Und jetzt diese Überdosis an gemischten Gefühlen. In mir machte sich eine heimelige Stimmung breit, als ich Antons Lieder mitsang. »I'm dreaming of a white Christmas«. Dieser kraftstrotzende Mann griff beinahe zärtlich in die Saiten. Ich atmete immer wieder tief durch. Ich dachte an seine flüchtigen Berührungen, wenn er mir in den Mantel half und dabei sanft meine Schultern drückte.

Die ersten Gäste gingen schon, aber ich blieb und lauschte seiner tiefen warmen Stimme. Ich wurde immer schwerer in meinem Sessel, während die Zeit unmerklich verging. Ich hätte ewig so sitzen und singen können, träumen, schauen. Anton stimmte ein Lied nach dem anderen an. Wir sangen bis zwei Uhr morgens. Irgendwann waren alle anderen gegangen.

»Ich glaube, ich muss jetzt auch gehen«, sagte ich zu Anton. »Ich bin total verspannt und sollte schlafen.«

»Na gut«, sagte er. »Aber ich zeige dir gerne ein paar Übungen gegen die Verspannungen, wenn du Zeit hast.«

Bildete ich mir das ein oder packte er die Gitarre mit einer widerwilligen Bewegung ein? Ich holte meine Jacke und hielt sie ihm demonstrativ entgegen. Das vertraute Schulterdrücken hinterher blieb diesmal aus. Der Raum war auf einmal ganz leer und still. Ein paar Lichter flackerten noch. Wir waren beide verheiratet. Ich drehte mich um, damit ich mich verabschieden konnte. In diesem Moment küsste er mich direkt auf den Mund.

»Was soll … das?«, fauchte ich erschrocken.

Er sah mich einfach nur an, wortlos.

Ich musste sofort raus hier. Heftig stieß ich die Tür auf. Die Nachtluft peitschte mir eiskalt ins Gesicht. Der Boden war glatt und ich strauchelte beinahe. Verkrampft riss ich die Wagentür auf. Die Zündung funktionierte erst beim dritten Versuch. Hinter mir brannten in Linnerths Fitnessstudio die letzten Kerzen nieder.

Ich nahm die nächste Querstraße, hielt und heulte haltlos wie ein kleines Mädchen los. Ich wollte sterben. Meine Welt stand auf dem Kopf. Wie konnte er nur? Dieser Kerl! Der glaubte offenbar, die Welt gehörte ihm allein. Oder war ich vielleicht selbst schuld? Hatte ich diese Situation herausgefordert? Und wie sollte ich das alles Mario erklären? Mario durfte nie etwas davon erfahren. Er war sehr eifersüchtig und alle wussten, dass Linnerth ab und zu eine abschleppte. Jetzt hatte er es auch bei mir probiert.

Mindestens eine Viertelstunde saß ich bei Eiseskälte im Wagen und weinte. Sollte ich noch einmal zurückfahren? Wie sollte ich Linnerth jemals wieder in die Augen sehen? Was würde aus meinem Job werden? Ich wischte mir energisch über die Lippen, stieg aufs Gas und fuhr los. Ich musste nach Hause.

Erst in der Badewanne kam ich langsam zur Ruhe. Die frühmorgendliche Pediküre entspannte mich. Schlafen konnte ich sowieso nicht mehr. Die Flucht ins Badezimmer hatte mir schon immer geholfen. Hier war mein Reich. Hier gab es keinen Mario und keine Kinder. Nur mein Hund begleitete mich auch hierher.

»Ach Bobby, das ist wirklich eine schöne Scheiße.«

Oh Gott, ich war tatsächlich verknallt. Und ich hatte mich ausgerechnet in Linnerth verliebt. Konnte das wahr sein? Es würde vorübergehen. Das war reine Gefühlsduselei. Ein Haschen nach dem Wind. Ich war seit elf Jahren und sechs Monaten eine treue Ehefrau und Mutter, und daran war auch und schon gar nicht in schlechten Zeiten zu rütteln. Kein Grund zur Panik. Das mit dem Alkohol würde mir auch nie wieder passieren.

Als ich unter die Bettdecke schlüpfte, verspürte ich seit Langem wieder zärtliche Regungen für meinen Mann in meinem Innersten. Marios Gesicht war so friedlich im Schlaf. Mario, es tut mir so leid, dachte ich. Ich kriege das alles in den Griff. Morgen ist Weihnachten. Morgen sieht die Welt wieder ganz anders aus.

Am Heiligen Abend waren meine Eltern und meine Großtante bei uns zu Besuch. Ich hoffte, dass niemand den Weihnachtsschmuck vom vergangenen Jahr erkannte. Mario hatte den Baum in letzter Sekunde als billigen Restposten gekauft. Die kleine Festtagsprämie, die Linnerth mir vor den Feiertagen ausbezahlt hatte, hatte für einen Truthahn gereicht. Niemand konnte ahnen, wie schlecht es um uns stand. Und für diesen einen Tag würde auch ich es vergessen. Heute war Weihnachten, meine Familie war um mich versammelt und alles würde gut werden.

9

FEBRUAR 2009. »Bleibst du heute noch?«

»Deine Frau wartet bestimmt schon.«

Anton blinzelte. Die Luft im Raum knisterte. Wir hatten als mittlerweile eingespieltes Team eine sehr harmonische Präsentation hinter uns. Seit den Feiertagen nahmen die Dinge wieder ihren gewohnten Lauf. Aber um Marios und meine Finanzen stand es immer schlimmer. Jetzt drohte uns auch noch eine Steuernachzahlung.

»Hast du nicht eine Nackenverspannung erwähnt? Du weißt doch, was für fatale Folgen derartig hartnäckige Verspannungen haben können«, sagte Anton mit einem Mal lächelnd.

Diesmal lief ich nicht davon. Anton forderte mich auf, meinen Oberkörper freizumachen, um meine Bewegungsabläufe beobachten zu können. Ich hatte die Situation noch im Griff. Nur ein wenig zitterten meine Hände, als ich meine Bluse fein säuberlich auf der Tischplatte neben mir zusammenfaltete. Ich setzte mich auf eine Langbank, die während den Präsentationen als Ablage für diverse Schönheitsprodukte gedient hatte. Anton stellte sich direkt vor mich. So nahe, dass mein Atem die kleinen Härchen auf seiner Haut bewegte. Er umfasste meinen Nacken, wobei mein Gesicht seinen Hals berührte. Eine Gänsehaut überzog meinen ganzen Körper. Ich bin also noch immer lebendig, dachte ich. In diesem Moment küsste Anton mich. Was tat ich da eigentlich? Ich brauchte keine Antwort zu finden. Es war ohnedies zu spät. Nun gab es kein Zurück mehr.

Von nun an blieb ich regelmäßig nach der Arbeit in der Firma. Wenn wir nach Wien fuhren, benahmen wir uns wie frisch Verliebte. Hand in Hand schlenderten wir durch die Innenstadt.

Anton war sehr liebevoll. Die Sicherheit, die von ihm ausging, gab mir Kraft. Ich war glücklich. Heimlich malte ich mir immer öfter eine Zukunft mit ihm aus. Er verkörperte alles, was mir seit Jahren fehlte. Ich schwebte auf einer Wolke und nichts konnte mir etwas anhaben. Sogar Mario war sanfter zu mir geworden. Endlich schien sich wieder eine positive Energie über uns auszubreiten. Deshalb fühlte sich alles an, als wäre es richtig.

Mir war in dieser Zeit alles egal, was mich früher wahnsinnig gemacht hatte. Marios offene Zahnpastatube, seine Haare in der Dusche und sein unrasiertes Kinn. Seine ungehobelte Sprache, sein schlechtes Benehmen bei Tisch, seine offenen Hemden und dass er kaum noch zu Hause war. Was immer er trieb, Geld verdiente er keines damit. Ich fragte nicht so genau nach. Die amerikanische Arbeitslosigkeit war am höchsten Stand seit 1974 angelangt, und ich hatte inzwischen begriffen, dass sich solche Krisenphänomene rasch internationalisierten.

Mario kam oft erst um sechs Uhr morgens heim. Auch das kümmerte mich nicht mehr. Ich gehörte wieder mir selbst und fühlte mich dank Anton dabei nicht allein. Mit meinen spärlichen monatlichen Einnahmen versuchte ich die dringendsten Rechnungen zu begleichen. Obwohl das Geld nicht einmal ansatzweise reichte, war ich unbeschwert und brauchte kaum Schlaf. Auch die Schneiderei machte mir wieder mehr Spaß. Oft dachte ich an den Tag, an dem ich Anton zum ersten Mal begegnet war. Ich erinnerte mich noch an die Bolerojacke, an der ich gerade gearbeitet hatte. Ihre Ärmel waren zu lang gewesen.

HAUSMANN

DIENSTAG, 8. DEZEMBER 2009, 15:00 UHR. Egon schickte mir eine schüchterne E-Mail nach der anderen. Ein Termin kam dabei nicht zustande. Zu Hause und im Atelier fiel jede Menge Arbeit an, und ich hatte keine Zeit für die platonischen Liebesergüsse eines zahlungsunfähigen oder entscheidungsschwachen Mannes, der zwischendurch von seinem Sohn schwafelte. Ich bemühte mich dennoch höflich zu bleiben. Seine E-Mails waren immerhin nett formuliert. Irgendwann rief er dann doch an.

»Was sollte das mit deinem Sohn?«, fragte ich ihn als Erstes.

»Ich bin bei uns die Hausfrau«, sagte Egon. »Kann ich bei dir vorbeischauen, wenn ich mit dem Kleinen spazieren gehe? Ich würde gerne dein Gesicht sehen.«

»Von mir aus. Gib mir Bescheid, wenn du da bist, dann winke ich dir vom Fenster aus zu.«

Ich war sicher, nie wieder etwas von dem komischen Kauz zu hören. In den folgenden Wochen erhielt ich dann mehrere SMS, in denen er seinen Besuch ankündigte, ohne je wirklich zu kommen. Eines Tages stand er dann doch unter meinem Fenster. Ich wartete gerade auf den nächsten Kunden, einen betagten Arzt, und nähte dabei eine Hose fertig. Als Egons SMS kam, zog ich eben den letzten Faden durch das Nadelöhr.

»Schau bitte heraus!«

Ein junger Mann mit einem dunkelblauen Sportbuggy stand vor meinem Fenster.

»Egon?«

»Sally?«

»Ich habe nicht gedacht, dass du so hübsch bist«, sagte er. Das Kind im Buggy gluckste wie zur Bestätigung. Der kleine

Junge hatte wie sein Vater einen blonden Haarschopf und strahlend blaue Augen.

»Dein Sohn ist wirklich süß«, sagte ich.

Ich dachte an Georg, und wie schön er als Baby gewesen war. Kleine Jungen besitzen einen unwiderstehlichen Charme und ein natürliches Talent, Frauen um den Finger zu wickeln.

»Kinder sind das Beste, was einem im Leben passieren kann«, sagte Egon, dann musste er weiter, weil der Kleine unruhig wurde. »Ich komme bestimmt wieder«, sagte er und winkte mir über den Kinderwagen hinweg zu.

Als er sich wenige Wochen später bei mir einfand, erklärte er, dass er nur wenig Zeit und Geld hätte.

»In diesem Fall empfehle ich dir, zu Hause zu bleiben«, sagte ich. Ich meinte es ernst.

Aber Egon blieb eine Stunde und seine Lust offenbarte sich denkbar leise. Er brabbelte dabei vor sich hin, so ähnlich wie sein Sohn, der währenddessen draußen im Vorzimmer unschuldig schlief.

Nach seinem ersten Besuch kam er regelmäßig alle drei Monate zu mir. So lange brauchte er jeweils, um sich die hundert Euro weiß Gott wovon abzusparen. Seine Frau sei für knisternde Erotik im Ehebett nach ihren langen Arbeitstagen zu müde, meinte er. »Ich bin froh, dass ich dich habe.«

10

MÄRZ 2009. »Ich muss mit dir reden.«

Anton strich mir sachte über den Kopf. Ich schmiegte mich in seine Hand und schnurrte wie eine Katze. Wie liebevoll dieser Draufgänger sein konnte.

»Wir müssen los, ich weiß. Ich ziehe mir nur rasch die Lippen nach.«

Vor uns lag eine längere Tour durch die Restaurants von Wiener Neustadt und Umgebung. Die Kinder waren den ganzen Nachmittag bei meinen Eltern. Am Abend würde Mario sie abholen.

Ich verschwand im hellgrünen Bad des Fitnessstudios und suchte in der Handtasche nach einem Lippenstift. Eine Streichholzschachtel fiel heraus. »Ristorante Rossini« stand darauf. Ich hob sie vom Boden auf und musste an den vergangenen Dienstag denken. Anton hatte nicht wie geplant vor der nächsten Apotheke auf unserer Liste gehalten, sondern war mit schelmischem Lächeln in die Innenstadt gefahren. Gekonnt hatte er den Lexus eingeparkt. Der Luxusschlitten stand ihm gut. In gespielt dramatischem Tonfall hatte er gemeint, es handle sich um eine streng geheime Mission. Wir hatten beide gekichert. Er hatte mich durch die Fußgängerzone geführt, mir bewundernde Blicke zugeworfen und unerhörte Komplimente ins Ohr geflüstert. Auf offener Straße hatten wir geknutscht wie Teenager. »Amore mio«, hatte er leise gesungen. Ich hatte mich schön und begehrenswert gefühlt. Wie eine Frau. Wie seine Frau.

»Brauchst du noch lange?«

Anton klopfte an die Badezimmertür. Lächelnd ließ ich die Streichholzschachtel in meiner Tasche verschwinden.

»Ich komme gleich.«

Nach seiner italienischen Musikdarbietung – einige Passanten hatten uns amüsiert beobachtet – hatte mich Anton in einen Luxusladen gebeten. Noch nie zuvor hatte ein Mann für mich ein Kleid gewählt, es in meiner Größe reserviert und mir hineingeholfen. Anton hatte applaudiert, als ich vor ihm einen imaginären Catwalk entlangstolziert war, und danach hatten wir bei einem kleinen romantischen Italiener mit Bellini angestoßen.

Mit leuchtend roten Lippen öffnete ich die Badezimmertür. Anton hatte seine Jacke noch nicht angezogen.

»Wollen wir?«

Er senkte seinen Blick.

»Ich weiß nicht, wie ich es dir sagen soll«, meinte er. »Die Wahrheit ist, ich kann nicht mehr.«

Ich hatte keine Ahnung, wovon er redete.

»Meine Frau, weißt du, sie ahnt nichts. Und die Kinder, ich kann das nicht. Ich hab ein furchtbar schlechtes Gewissen. Ich halte das einfach nicht mehr aus. Und ich weiß, ich kann und werde sie nie verlassen.«

Peng. Ich fühlte mich, als würde ich tot umfallen.

Da war er wieder, dieser dumpfe Schmerz im Magen. Ein seltsam vertrautes Gefühl.

»Elke, bitte verzeih mir. Es fällt mir ja auch nicht leicht. Mit dir ist es so unheimlich schön…«

Mir wurde übel. Oder war ich wirklich schon tot? Ich fiel, ganz langsam.

Anton schaute mir in die Augen. Dabei war er so verdammt überzeugend. Und distanziert. Ich konnte nicht sprechen.

Ja, wir waren beide verheiratet. Wir hatten beide einem anderen Menschen vor dem Altar Treue geschworen. Aber das war in einer anderen Welt gewesen, in einem anderen Leben, oder nicht? Anton hatte mich eben mit knappen Worten fallen gelassen. Amore mio! Was hatte ich mir bloß vorgemacht?

Ich saß in meinem Auto. Die Landschaft zog stumm an mir vorbei. Die Welt wirkte wie ausgestorben. In meinem Kopf war die Hölle los. Ich nahm die Abzweigungen automatisch. Ich war selber schuld. Ich hätte mich nicht mit einem Windhund wie Linnerth einlassen dürfen. Ich hielt an, weil ich mich übergeben musste.

11

März 2009. Das Haus empfing mich mit gähnender Leere. Ich war schon lange nicht mehr so früh daheim gewesen. Mit mechanischen Bewegungen deckte ich den Tisch. Drei Gedecke. Es gab nur noch Nudeln von gestern. Ich würde mich ein bisschen hinlegen. Später würde ich mir einen neuen Plan zurechtlegen. Irgendetwas würde mir einfallen. Irgendwas war mir noch immer eingefallen.

Mein Körper tat weh. Es fühlte sich an, als würde mir ein zu enges Korsett den Atem rauben. Plötzlich war ich wieder dreizehn Jahre alt. Damals hatte ich ein medizinisches Korsett tragen müssen. Mein Körper wurde hineingepresst, weil er sich sonst falsch entwickelt hätte. Die Jungen in der Klasse hänselten mich für den Plastikpanzer unter meinen Kleidern. Wenn sie mich umstießen und ich auf den Rücken fiel, kam ich ohne fremde Hilfe nicht mehr hoch. Dann lag ich da wie ein Käfer am Rücken, hilflos mit Armen und Beinen strampelnd.

»Elke?«

Mario rüttelte mich wach.

»Was ist los mit dir, Elke? Wie siehst du denn aus?«

Draußen war es stockdunkel. Ich hatte mindestens drei Stunden geschlafen. Die Kinder stritten schon wieder lauthals. Marios Stimme dröhnte in meinen Ohren. Es klang, als hätte er Angst um seine neue Einkommensquelle. So fühlte ich mich: wie eine versiegende Quelle, leer und nutzlos. Die ganze Tristesse der Wirtschaftskrise hatte mich mit einem Schlag wieder.

»Hast du schon gegessen?«, fragte Mario.

»Nein«, stammelte ich matt. »Alles okay. Ich muss wohl kurz eingeschlafen sein.«

»Wieso ist nur für drei gedeckt?«

Auf einmal klang er wieder aggressiv.

»Woher hätte ich wissen sollen, dass du nach Hause kommst?«, fragte ich.

»Jetzt reicht es mir langsam«, fauchte er. »Wer von uns ist nie da? Wer musste gestern auf die Kinder aufpassen?«

Er griff nach seiner Jacke.

»Warte!«, rief ich verzweifelt. »Lass uns reden. Wie soll das alles weitergehen?«

»Was meinst du?«

»Was tust du den ganzen Tag? Wir sind pleite. Ich habe nicht einmal mehr Geld fürs Essen.«

»Was tust du dann die ganze Zeit mit Linnerth?«

Ich erstarrte. Oben tobten die Kinder.

»Hör auf damit!«, schrie ich. »Ich tue, was ich kann. Ich arbeite Tag und Nacht, ich kümmere mich um die Kinder, um den Haushalt, um die Leasingraten ...«

»... und um Linnerth?«

Das Blut stieg mir in den Kopf.

»Dann stimmt es also?«

»Bitte, lass uns gemeinsam für alles eine Lösung finden?«

»Das glaubst du ja selber nicht.«

Ausdruckslos starrte er mich an. Sekunden später knallte die Haustüre. Reifen quietschten. Weg war er.

»Mama, hast du Sex mit Onkel Anton gehabt?«

Anke stand im Türrahmen. Sie hatte offenbar den letzten Teil unseres Streits mitbekommen. Ich wischte mir hastig über die Augen. Was sollte ich ihr erzählen?

»Ach Mama«, sagte sie da. »Das kann doch jedem passieren!«

Sie lachte mich aus ihrer Kinderseele an. Dieses Mädchen,

meine Tochter, erstaunte mich immer öfter. Ich dachte daran, dass ich keine Ahnung hatte, was ich ihr morgen zu essen geben sollte.

In der darauffolgenden Nacht lag ich still da. Im Haus war es ruhig. Ich hatte alles mit mir geklärt. Ich hatte keine Perspektive mehr. »Dann such dir eben einen Job«, hätten meine Eltern gesagt, aber das hatte ich mir schon oft genug überlegt. Eine Vollzeitstelle hätte ich wegen der Kinder nicht annehmen können. Die besseren Teilzeitjobs, die für mich in Frage kamen, hätten höchstens tausend Euro netto im Monat abgeworfen und ich hätte dafür nach Wien pendeln müssen. Wieder und wieder hatte ich den Verkauf des Hauses durchgerechnet. Wenn sich Mario und ich die danach verbleibenden Schulden geteilt hätten, wären sechzigtausend Euro auf jeden entfallen. Der Fremdwährungskredit, mit dem wir unser Heim finanziert hatten, hatte uns noch tiefer in die Katastrophe hineingeritten. Wie ich es auch drehte und wendete, wenn wir verkauften und eine Wohnung mieteten, blieb uns zum Leben auch nicht mehr und die Kinder hätten nach den langen Monaten des Streits zwischen ihren Eltern auch noch ihre vertraute Umgebung verloren. Die Situation war ausweglos. Ich spürte, dass ich nicht mehr konnte. Ich konnte nicht einmal mehr so tun als ob. Ich war fertig mit der Welt. So wollte und konnte ich nicht weitermachen. Es war zwei Uhr früh. Ich sollte hinunter ins Atelier. Zwei Hosen und zwei Hemden waren noch zu nähen. Sie waren schon zugeschnitten, doch ich würde sie nicht fertig machen. Es war vorbei. Ich hatte auf allen Linien versagt.

An meine lieben Kinder und an meinen geliebten Mann! Es tut mir unendlich leid, nicht die richtige Art und Weise gefunden zu haben, für

Euch da zu sein. Ich habe versagt und kann mir das nicht verzeihen. Ich will nicht bitter sein und auch keine Ausreden suchen, aber Du, Mario, hast mir keine Aufmerksamkeit mehr geschenkt. Was auch immer ich versucht habe, ich konnte Dich nicht mehr erreichen. Jeder Haushälterin wird mehr Aufmerksamkeit zuteil, als ich sie von Dir bekommen habe. Jedem Kindermädchen wird gedankt, wenn die Kleinen sauber und ordentlich bereitstehen, und jede Hure bekommt für ihre Dienste wenigstens Geld. Ich bereue es trotzdem, keine bessere Ehefrau und Mutter gewesen zu sein. Meine Freude an diesem Leben, die vielleicht nie sehr groß war, ist nun endgültig erloschen. Kinder, bitte verzeiht mir mein Tun, ich werde Euch immer lieben. So wenig Ihr das in diesem Moment vielleicht verstehen wollt, so wird doch nur mein Körper von Euch gehen. In Euren Herzen werde ich immer bei Euch sein. Die Zeit wird Eure Wunden heilen. Dort, wo ich sein werde, verspreche ich, zu lachen und fröhlich zu sein, während ich auf eine andere Art bei Euch bin. Eure Mutti, Deine Frau.

Ich ließ den Zettel auf dem Wohnzimmertisch liegen, schlich nach oben, wo die Kinder tief schliefen und küsste sie. Danach schloss ich leise die Tür hinter mir. Draußen wedelte Bobby freundlich mit dem Schwanz. Ich unterdrückte ein paar Tränen und hätte ihm beinahe wie gewohnt die Heckklappe zum Kofferraum geöffnet. Aber diesmal würde er zu Hause bleiben müssen. Er war immer an meiner Seite gewesen und in einsamen Nachtstunden hatte ich oft mit ihm gesprochen. Ich kraulte meinem Hund ein letztes Mal die Ohren und schloss ihn im Haus ein. Im Rückspiegel sah ich hinter mir mein Lebenswerk verschwinden.

Die Nacht war kalt und es schneite. Schon oft, wenn mich der Stress und die Sorgen nicht einschlafen lassen hatten, war ich mit dem Auto herumgefahren. Um alleine zu sein und um mich in meine Gedanken vertiefen zu können. Wenn ich in manchen Häusern dann noch Lichter gesehen hatte, hatte mich das gestört. Die Lichter hatten mein Gefühl von Freiheit beschränkt, indem sie sich in meine spärlichen, kostbaren Momente von Intimität gedrängt hatten. Nicht einmal heute Nacht konnte ich absolut allein sein, so wie ich es mir gewünscht hätte: nur ich und die Ewigkeit. Immer schimmerten irgendwo in der Ferne vereinzelte Lichter.

Ich wählte die Route durch den Wald. Hier würde ich bestimmt keiner Menschenseele begegnen. Schon vor einiger Zeit waren mir die vielen Kreuze und Gedenkstätten entlang der Straße dort aufgefallen. Kleine Holzkreuze und graue Steine mit den Namen der Toten darauf säumten den Straßenrand. Bei manchen standen sogar Laternen und Vasen mit Kunstblumen. Wie viele Menschen waren hier verunglückt und wie viele hatten sich freiwillig entschieden zu gehen?

Mein Körper schien sich aufzubäumen, doch meine Finger verschmolzen mit dem Lenkrad. Ich hielt mich daran fest. Die Fahrbahnstreifen flitzten knallweiß unter meinem grünen Skoda durch. Ich trat das Gaspedal durch und schloss die Augen.

Die Kinder würden anfangs weinen, aber auch das würde vergehen. Menschen können so viel ertragen. Daran hatte ich immer geglaubt.

Wie lange raste ich schon so dahin?

Gleich würde es vorbei sein.

Aber nichts geschah. Wo blieb der befreiende Aufprall? Lieber Gott, bin ich schon tot, dachte ich. Könnte ich dann noch denken? Plötzlich bekam ich furchtbare Angst. Angst davor, die Augen zu öffnen. Der Schweiß brach mir aus. Mit geschlossenen Augen trat ich heftig auf die Bremse. Die Reifen quietschten und der Wagen verzog, bis er mit zwei Rädern in der Wiese neben der Straße stand. Ich hatte blind mehrere hundert Meter zurückgelegt. Es grenzte an ein Wunder, dass ich gegen keinen Baum gedonnert war. Ich öffnete die Tür, brach weinend zusammen und fiel hinaus in den Schnee. Gott und die Welt verdammend kroch ich außen um den Wagen herum in den Straßengraben, um dort am kalten Boden zu erfrieren.

Mehrere Stunden lag ich in einem Zustand zwischen Wachen, Schlafen und Bewusstlosigkeit da. Hätte mich jemand angesprochen, hätte ich nicht reagieren können. Tief fraß sich die Kälte in meine Glieder. Ich realisierte sie, ohne richtig zu frieren.

Allmählich graute der Morgen. Die ersten Autos fuhren vorbei, ohne anzuhalten. Wie ferngesteuert raffte ich mich auf und kletterte zurück in den Wagen. Mir war noch immer weder warm noch kalt und ich empfand keine körperlichen Schmerzen. In mir war nur dieses Gefühl absoluter Verzweiflung und schrecklicher Ohnmacht. Als ich losfuhr und wendete, meinte ich das höhnische Grinsen der geschmückten Kreuze im Nacken zu spüren. So viele Leben hatten hier ein Ende gefunden, nur meines nicht.

12

MÄRZ 2009. Ich wollte mich wie eine Diebin zurück ins Haus schleichen. Doch Mario baute sich vor mir auf. Er zeigte keine Freude, kein Mitleid, geschweige denn Zärtlichkeit, nur eine gewisse Erleichterung. Vermutlich war er doch etwas nervös geworden. Irgendwann musste er aufgewacht sein und meine Abwesenheit entdeckt haben. Vermutlich hatte er mich vergeblich bei den Kindern, im Atelier, beim Computer, im Wohnzimmer und beim Wäschetrockner im Keller gesucht und war unruhig geworden, als er bemerkt hatte, dass mein Mantel und mein Autoschlüssel fehlten. Schließlich musste er meinen Abschiedsbrief gefunden haben. Den hatte er offenbar nicht für einen verfrühten Faschingsscherz gehalten, sonst hätte er sich gleich wieder seiner unverwüstlichen Nachtruhe gewidmet. Schweigend ging ich an ihm vorbei und dachte dabei an Skoliose. Skoliose ist keine besonders häufige Krankheit und nur während des Wachstums therapierbar. Wird sie nicht rechtzeitig behandelt, erstickt der Patient qualvoll, weil die mit ihr einhergehende fortschreitende Fehlstellung der Wirbelsäule die Lunge einklemmt. Die Knochen von Kindern lassen sich, da sie noch nicht gänzlich ausgehärtet sind, mit medizinischen Hilfsmitteln zurück in eine gerade Stellung bringen. Meine Mutter hatte meine Krankheit zum Glück früh bemerkt, weil meine Beine durch die dabei auftretende Beckenschiefstellung unterschiedlich lang waren. Deshalb steckte ich mit zwölf Jahren dreiundzwanzig Stunden am Tag in diesem Mieder aus Hartplastik. Es war ein Bostonmieder mit einem Bügel, der quer über meine Brust gespannt war. An den Beinen war es ausgeschnitten und vorne reichte es bis über das Schambein. Ich litt beim Tragen

Höllenqualen, doch mit der Zeit wurde das Mieder zu einem Teil von mir. Ich schlief damit, ging damit aufs Klo und aß meine Mahlzeiten damit. Ich musste die Schmerzen ertragen, schließlich konnte ich meine Situation nicht ändern.

Auf der zuständigen Station im Krankenhaus wurden meine Leidensgenossinnen und ich die »Miedermädchen« genannt. Die Ärzte kontrollierten mein Wachstum regelmäßig mit einem Handknochenröntgen. Ich wusste, dass ich das Mieder erst loswerden würde, sobald die Handwurzelknochen vollständig zugewachsen sein würden. Ich lernte, mit Blasen und aufgescheuerten blutigen Stellen am Körper zu leben, und gewöhnte mir eine besondere Atemtechnik an, weil es im Mieder zu eng für die normale Bauchatmung war. Ich lernte, mit permanenten körperlichen Schmerzen zu existieren. Manchmal kam ich blutig nach Hause, weil mich einer der Jungs zum Spaß umgeworfen hatte. Während die Burschen in der Schule gehässig waren, bemutterten mich die Mädchen, doch das war beinahe noch schlimmer, denn ich wollte nie jemandem leidtun.

Ich gewöhnte mich nie so richtig an meinen Zustand, aber ich tröstete mich irgendwann damit, seine positiven Seiten zu sehen. Ich wusste zum Beispiel, dass mir das Mieder zu einer Wespentaille verhelfen würde. Ich lernte sogar, es zu genießen, anders als die anderen zu sein. Ich fühlte mich als etwas Besonderes, stand im Mittelpunkt und bekam, was ich mir wünschte. Ich feierte auch kleine Erfolge. Zum Beispiel schaffte ich es bald wieder, Rad zu fahren. Und mit fünfzehn war dann der ganze Spuk vorerst vorüber.

Seit dieser Zeit konnte mir nichts und niemand so schnell etwas anhaben. Ich hatte zu kämpfen gelernt. Jetzt beschloss ich, den Kampf neu aufzunehmen und weiterzumachen. Ich hatte mich mit klammen Fingern aus dem Straßengraben gezogen und fand mich in einem Zustand wieder, den ich längst vergessen zu haben geglaubt hatte. Ich, das Miedermädchen, war umgefallen. Aber ich war immer wieder auf die Beine gekommen. Ich würde auch dieses Mal kämpfen. Es gab bloß einen Unterschied: Etwas von mir war im Straßengraben liegen geblieben. Ich würde meinen Kampf mit aller Kraft kämpfen, und trotzdem war mir auf einmal alles egal.

Zweiter Teil

SAMTHAUT

DIENSTAG, 19. JANUAR 2010, 11:00 UHR. Seine Haut fühlte sich an wie Samt, prall und elastisch. Ihre Oberfläche war glatt und erinnerte mich an ein Feenkostüm, das ich für Anke anlässlich des jährlichen Faschingsfestes im Kindergarten aus hellgelbem Seidensatin, rotem Samt und goldenem Zwirn genäht hatte. Wie stolz meine Kleine gewesen war, als sie unter der Anleitung der Kindergartentanten mit den anderen bunten Fantasiegestalten um die Wette Schokolade gegessen hatte.

Ich strich behutsam über seinen nackten Rücken. Seine Haut war makellos wie bei einem Kind. Nicht einmal seine Muskelkonturen zeichneten sich ab.

Seine E-Mail hatte flapsig geklungen: »Hejo, Sally. Gehen auch nur 30 min.? Kostet das dann weniger? ;-) xo J.«

Jens war Student und keine zwanzig Jahre alt. Sein Blick, seine Statur, seine Körperhaltung und sogar die Art, wie er die Schuhe am Fußabtreter vor meiner Wohnungstür abgestreift hatte, waren zaghaft und linkisch. Kaum hatte er die Haustür hinter sich geschlossen, wühlte er auch schon in seinen Jackentaschen und zog einen Haufen zerknüllter Fünf- und Zehn-Euro-Scheine hervor. Ein paar Münzen waren auch dabei. Er hielt mir das Geld hin und sah mich dabei an wie ein Schulkind, dessen größtes Glück ein Sternchen im Aufgabenheft ist. Innerlich musste ich schmunzeln.

»Die Münzen steck wieder ein und die neunzig Euro leg auf den Tisch.«

Studenten bekamen bei mir zehn Prozent Rabatt. Er strich die Scheine glatt, drapierte sie brav auf der Kommode und starrte mich fragend an.

»Du kannst dich da drüben duschen«, sagte ich. »Danach legst du dich einfach auf das Bett und ich verwöhne dich ein wenig. Okay?«

Ich deutete auf das Massagebett, das meine kleine Wohnung unmissverständlich dominierte. Er nickte und verschwand geräuschlos im Bad. Genauso leise, wie er später auf der Massagebank kam, verließ er meine Wohnung wieder. Es folgte eine SMS, in der er sich bedankte. Und ein Anruf keine vierundzwanzig Stunden später.

»Ich bin's, Jens.«

»Ja?«

Stille am anderen Ende der Leitung.

»Na, Jens, wie geht es dir denn? Willst du mich wieder besuchen?«

Er sagte, dass er das gerne tun würde, aber dass die Miete für sein WG-Zimmer sein ganzes Geld verschlingen würde, dass seine Eltern keine Möglichkeit hätten, ihn zu unterstützen und dass sein Nebenjob in einer Kneipe nur mühsam sein tägliches Leben finanzierte.

»Luxus ist bei mir nicht«, sagte er traurig.

Ich seufzte innerlich. Auch für ihn waren neunzig Euro viel Geld.

Wir plauderten über seine Pläne, sein Leben. Je mehr ich redete, desto ruhiger wurde der Junge. Ich hörte ihn tief einatmen. Noch einmal.

»Jens, alles okay?«

»Mhm.«

Plötzlich waren klatschende Geräusche im Hintergrund zu hören.

»Jens, bist du noch dran?«

»Ja, ja«, sagte er rasch. »Red nur weiter. Ich hör dir gerne zu.«

Plötzlich war mir alles klar.

»Jens, ich biete keinen Telefonsex an«, sagte ich streng.

»Nein, nein, ich weiß. Will ich ja auch nicht. Es ist nur ... ich hab einfach keine Kohle.« Er stöhnte. »Deine Stimme ist so ... erzähl doch einfach irgendwas. Bitte!«

Kein Geld. Das kannte ich gut. Er tat mir leid. Ich tat mir selber leid. Also tat ich ihm den Gefallen. Es würde mich nur fünf Minuten kosten. Ich fragte ihn, was ihm bei seinem Besuch bei mir so gut gefallen habe und was er noch alles gerne mit mir tun würde. Er krächzte, wie prall sein Schwanz sei, wie er ihn in der Hand hielt und wie er sich meine Nägel darauf vorstellte. Aber er konnte den Satz kaum beenden. Als ich auflegte, dachte ich an seine Kinderhaut. Und an all die Mütter, die für ihre Kinder alles tun würden.

1

APRIL 2009. Das Telefonat verlief etwas unbeholfen.

»Guten Tag, äh…«, begann ich.

Ich wusste nicht, ob man sich mit seinem Namen melden sollte. Lieber nicht, entschied ich. Ich wählte den gleichen Tonfall wie bei den Gesprächen mit potenziellen Kunden im Direktmarketing.

»Ich beziehe mich auf Ihr Online-Inserat. Bezüglich einer, wie Sie schreiben, nicht ausgebildeten Masseuse. Darf ich fragen wie… also, mich würde Ihr Angebot gegebenenfalls interessieren. Ich wollte fragen, wie Ihre Annonce gemeint ist?«

Ganz kurz fragte ich mich, ob ich total verrückt geworden war. Dann fielen mir die Kupfermünzen ein, die sich gemeinsam mit einer Büroklammer als letztes Barvermögen in meinem Portemonnaie befanden. Dort, wo normalerweise die Scheine steckten, waren nur Rechnungen und Belege. Bei der Bank ging gar nichts mehr. Als sich mein Mann als Finanzberater selbständig gemacht hatte, hatte uns die Bank noch eine Tasse mit ihrem Logo und dem Aufdruck »Mein erstes Chefhäferl« geschickt. Wenig später hatte sie uns nicht einmal informiert, als sie unsere Konten gesperrt hatte, und inzwischen ließ sich unser Bankbetreuer verleugnen. Ich war durch das Haus gestreift und hatte in sämtlichen Schubladen, Schalen und Schränken nachgesehen, in denen in guten Zeiten immer ein bisschen Geld herumgelegen war. Aber nach dem dritten Versuch war auch der letzte Notgroschen verbraucht gewesen. Ich hatte mich sogar bei dem Gedanken ertappt, die Taschengeldvorräte der Kinder zu plündern. Das Allerschlimmste war die Zeit. Sie arbeitete unaufhaltsam gegen mich. Die Zeit brachte kein Geld, aber sie brachte

Hunger. Unweigerlich würde der Moment kommen, in dem die Kinder zum ersten Mal vor leeren Tellern sitzen und mit einem Schlag die wahre Dramatik unserer Lage begreifen würden.

Am anderen Ende der Leitung herrschte Stille. Dann hörte ich die laute Stimme eines älteren Mannes.

»Wie meine Annonce gemeint ist? Du sollst mich eben massieren. Wie siehst du denn aus?«

Was mein Aussehen mit einer Massage zu tun habe, wollte ich wissen, und ob ich einen Massagetisch mitbringen solle.

»Den brauchen wir nicht«, sagte der Mann leicht amüsiert. »Im Bett geht es besser. Wie alt bist du?«

Ich machte mir über eine Massage, für die ein Mann dreihundert Euro zu zahlen bereit war, keine Illusionen. Dennoch konnte ich mir kein klares Bild davon machen. Es war, als würde sich mein Kopf weigern, eine entsprechende Vorstellung zu entwickeln. Sex bei alten Männern, das war so eine Sache. Bekanntermaßen funktionierte es nicht mehr so richtig. Das hieß noch lange nicht, dass sie nicht mehr wollten. Manchmal war bei meiner Arbeit als Pflegerin ein Knopf meines weißen Schwesternkittels aufgesprungen und hatte meinen BH gezeigt. Die alten Männer hatten dann auf meinen Busen geglotzt, während ich ihnen die Windeln gewechselt hatte. Oft hatte ich das Schicksal dieser Aufreißerkönige von anno dazumal traurig gefunden.

Wenn der Mann aus dem Internet Unmögliches von mir verlangen würde, konnte ich ja einfach wieder gehen, beruhigte ich mich. In Gedanken bereitete ich mich auf alle möglichen Szenarien vor. Sollte er ungewaschen sein, konnte ich das für ihn erledigen. Ich hatte ja schon oft genug ältere Leute gebadet, gewickelt, eingecremt und wie Babys versorgt. Wer das so wie ich jahrelang getan und auch noch zwei Kinder großgezogen hat, denkt sich nichts mehr dabei. Es geht dann einfach um Dinge, die zur Natur des Menschen gehören. Dreihundert Euro hatte ich allerdings nie von einem Pflegling bekommen, und dreihundert Euro waren eine Menge Geld.

Er wohnte im Wiener Fasanviertel. In dieser Gegend war ich vorher noch nie gewesen und heute erschien mir die ganze Stadt fremd. Ich war sicher, dass jeder, der mich in meinem Wagen mit der Adresse und Telefonnummer meiner Schneiderei sah, sofort wissen musste, was vor sich ging.

Ich blieb im Auto sitzen und sah mich unauffällig um. Wir wollten uns zunächst auf der Straße treffen, um beide die Möglichkeit zu haben, Nein zu sagen. Als er an mein Autofenster klopfte, stieg ich aus. Ich war so nervös, dass ich ihn nicht richtig ansah. Ich bemerkte, dass er einen völlig kahl rasierten Kopf hatte. Dann ergab ich mich den Ereignissen.

Zwanzig Minuten später lag ich rücklings auf einem Küchentisch und starrte auf eine große runde Uhr mit dunkelgrauen Zeigern, die an der Wand hing. Laut dieser Uhr stand die Zeit immer zwei Minuten lang still, dann erst sprang der Zeiger weiter. Eine Zwei-Minuten-Ewigkeit folgte auf die nächste. Ewig, dachte ich, das ist ein Begriff für Kinder. Sie kennen das Phänomen der Veränderung noch nicht. Der Zustand, in den sie hineingeboren werden, erscheint ihnen als fixe Gegebenheit. Mich hatte spätestens die Wirtschaftskrise gelehrt, dass nichts ewig dauerte. Ich wusste, dass alles – das Gute wie das Schlechte – irgendwann vorbei war, und das meistens schneller, als man dachte. In diesem Moment allerdings war ich froh darüber.

»Spreiz die Beine«, sagte der Mann. Seine Stimme klang sanft. »Ich will dich lecken.«

Er war auch am ganzen Körper rasiert. In seinen Augen war ein Leuchten, doch sein Penis hing klein und schlaff unter seinem faltigen runden Bauch herab. Ich musste an die Nacktschnecken denken, die meinen Garten seit einigen Jahren scharenweise heimsuchten. Zuerst strich er bewundernd über meine Brüste, doch rasch glitten seine Hände tiefer. Keuchend leckte er meine Scham.

Die Wanduhr war riesig wie die Uhren in Bahnhöfen oder Hallenbädern. Wie leise sie war. Normalerweise verursachte das Springen des Zeigers ein Geräusch. Während ich sie betrachtete, hielt ich mich mit beiden Händen am Tisch fest, um nicht herunterzufallen.

Ich fragte mich, ob sich der Kerl bei einer Frau, die vom Alter her zu ihm gepasst hätte, genauso benommen hätte. Und warum machte er das eigentlich? Erektion hatte er nach wie vor keine. Mir war das Ganze peinlich, vor allem für ihn. Dachte er etwa, das würde mir gefallen? Nach geraumer Zeit richtete er sich wieder auf.

»Ich laufe gerne nackig in der Wohnung herum«, verkündete er. »Es gefällt mir. Im Sommer bin ich am liebsten an FKK-Stränden. Komm, ich zeig dir meinen Wintergarten.«

Wie herrlich, jetzt bekam ich also dreihundert Euro dafür, dass mir ein impotenter Typ seine exotischen Pflanzen vorführte. Wie spät war es eigentlich inzwischen? Hatte ich lange genug nicht an die Zeit gedacht, um ihr Gelegenheit gegeben zu haben, in nennenswertem Ausmaß zu vergehen?

Zwischen einem Tulpenbaum, einem Hibiskus und ein paar Fächerpalmen stand ein einfacher Stuhl. Sein Metallgestell war mit blauen Plastikschnüren bespannt, ein Modell aus den Sechzigerjahren, das ich von meinen Großeltern kannte. Ich musste mich auf den Schoß des Mannes setzen – wie ein kleines Kind auf den Schoß seines Opas.

»Musst du nach der langen Autofahrt und dem Kaffee nicht aufs Klo?«, fragte er.

Die Autofahrt war tatsächlich lang gewesen. Rund anderthalb Stunden hatte ich von mir daheim bis hierher gebraucht. Zur Begrüßung hatte er mir Kaffee aufgedrängt, obwohl ich eigentlich gar keinen wollte. Schließlich hatte ich einen getrunken, weil auch dabei Zeit verging.

Aufs Klo? Ich sah ihn ratlos an.

»Bitte pinkle mich an«, sagte er unvermittelt.

Ich erschrak. Das konnte ich beim besten Willen nicht. Auch nicht für Geld.

»Es tut mir ehrlich leid, aber das kriege ich bestimmt nicht hin«, sagte ich.

Ich stammelte, dass ich zum ersten Mal in meinem Leben auf ein Inserat wie das seine reagiert hätte. Aber er schien meine Ausflüchte gar nicht zu hören und holte noch mehr Kaffee aus der Küche. Meine Blase war auch so bereits voll, aber ich konnte unmöglich auf diesen alten Herrn urinieren. Er brachte mich in verschiedene Positionen, aber es funktionierte nicht. Zu guter Letzt willigte er ein, dass ich ihn doch einfach massieren sollte. Ich hatte das Gefühl, auf sicheres Terrain zurückzukehren. Was jetzt noch kam, würde ich im Griff haben. Es würde das Wagerl-Programm mit Extras sein.

»Das ist das ehemalige Kinderzimmer meines Sohnes«, sagte er, nachdem er mich durch die Wohnung geführt und eine Tür geöffnet hatte.

Er legte sich auf das schmale Bett. Er fühlt sich wohl sehr alleine und genießt es, dass sich jemand mit ihm beschäftigt, dachte ich. Ich massierte ihm den Rücken, das Gesäß und die Schenkel, so wie ich es bei Herrn Wagerl und all meinen früheren Patienten schon oft getan hatte. Das Extra bestand in dem Wunsch, den ich Herrn Wagerl immer verwehrt hatte. Ich massierte seinen Penis, der die ganze Zeit über schlaff blieb.

Es war mir ziemlich egal. Als Altenpflegerin hatte ich schon öfters den Penis eines alten Mannes gewaschen. Es gab eine genaue Anleitung dafür. Man musste die Vorhaut zurückziehen, um überall hinzukommen. Wichtig war es, die Eichel zur Gänze von dem oft gelblich verfärbten Smegma, einer Absonderung der Eichel- und Vorhautdrüse, zu reinigen. Dieser Bereich gehörte anschließend gut abgetrocknet, damit keine Infektionen entstehen konnten.

Der wesentliche Unterschied bestand darin, dass dieser Alte kam. Auf einmal keuchte er erleichtert auf. Ich schätzte, dass der Zeiger der Küchenuhr inzwischen zumindest zehn Mal gesprungen sein musste.

»Du bist so lieb. So hat mich schon lange niemand mehr angefasst«, sagte er.

Ich säuberte ihn mit der Küchenrolle, die er gleich zu Beginn bereitgestellt hatte. Die dreihundert Euro lagen aufgefächert neben meiner Handtasche auf einem kleinen Schuhschrank, auf dem auch ein Kinderfoto seines Sohnes stand. Der Junge hatte blondes lockiges Haar und erinnerte mich ein wenig an Georg.

Nachdem ich die Spuren seiner Lust penibel mit den Papiertüchern beseitigt hatte, bot mir der alte Mann sein Badezimmer an. Ich duschte, wusch mich gründlich und nahm die Geldscheine. Als ich mich bei ihm bedankte, war auch er wieder vollständig angezogen und drückte mir einen feuchten Kuss auf die Wange.

»Wenn das wirklich dein erstes Mal als erotische Masseuse war, dann bist du ein Naturtalent«, sagte er.

Er wünschte mir beim Abschied viel Glück.

Mit einem knappen Gruß und ohne Blick zurück ging ich. Das hier war kein Zeitpunkt für Sentimentalitäten. Geld gegen Leistung. Cash, bar auf die Hand. So hatte er es in seinem Inserat gewollt.

Euro 300,–. Gut situiertes älteres Semester sucht liebevolle Masseuse für Hausbesuch. Vorkenntnisse nicht erforderlich.

Ich hatte es auf der gleichen Plattform gefunden, auf der jene Liebesdienerinnen inserierten, die ich vor Kurzem noch für das Direktmarketing abwerben wollte. Aber das war nicht nur in einer anderen Welt gewesen, sondern auch in einer anderen Ewigkeit.

2

APRIL 2009. Ich hielt vor einem Kaffeehaus in der Nähe. Heißer Kaffee mit viel Milchschaum war für mich schon immer reines Glück gewesen. Ich wusste nicht mehr, wann ich mir das zum letzten Mal geleistet hatte. Die dreihundert Euro legte ich vor mich auf den Tisch. Sie waren meine Beute. Es war, als wäre gar nichts passiert.

Ich nahm einen großen Schluck und starrte auf das Geld wie auf ein Wunder. Langsam glitten meine Fingerspitzen über die Kanten der Scheine. Anke brauchte eine neue Zahnspange. Georg würde bald seinen ersten Schultag haben und sollte wie alle anderen Kinder eine Schultüte bekommen. Und ja, es war wirklich alles in Ordnung. Es war nicht einmal halb so schlimm gewesen, wie ich gedacht hatte. Bei meinen Pflegepatienten war mir manches am Anfang schwerer gefallen.

Ich stellte Hochrechnungen an. Dreihundert Euro für eine Stunde. Wie oft musste ich das tun, um mit den Kindern überleben zu können? Ich fühlte mich auf einmal wie unter Drogen. Eine Zahnspange für Anke. Eine Schultüte für Georg. Irgendwann würde dann wieder alles vorbei sein und eine neue Ewigkeit würde beginnen.

Mario würde mich nicht fragen, woher das Geld kam. Er zog mit Heinz um die Häuser oder absolvierte Termine, bei denen außer verschwitzten Klamotten, die ich in der Wäsche fand, nicht viel herauskam. Mein Vater hatte immer gesagt, er würde notfalls zur Spitzhacke greifen, um im Straßenbau für seine Familie zu arbeiten, doch derlei Ambitionen fehlten Mario. Den Überlebenskampf überließ er mir und ich führte ihn nun auf meine Art. Ich würde Mario jeweils sagen, dass ich mit Linnerth

Termine in Wien hätte und dass er solange auf die Kinder aufpassen sollte. Schließlich hatte meine private, nicht aber meine berufliche Beziehung zu Linnerth geendet. Wir klapperten noch immer zusammen Apotheken ab, auch wenn unser Umgang miteinander dabei merklich abgekühlt war und mir die Treffen unangenehm waren. Aber es nützte nichts. Die Rechnungen stapelten sich. So nahm ich Linnerth gegenüber eine scheinbar gleichgültige Haltung ein, damit unsere Zusammenarbeit reibungslos weiterlaufen konnte. Mario würde als Babysitter unwissentlich, aber doch ein wenig zu unserem Unterhalt beitragen. Mario – mein Ehemann in guten wie in schlechten Zeiten.

Als ich am Abend heimkam, war ich ausnahmsweise einmal froh darüber, dass er nicht da war.

3

APRIL 2009. »Hey, du!«

Der schwarze BMW fuhr im Schritttempo neben mir her.

»Auf die Gefahr hin, dass du mir eine Ohrfeige verpasst: Wenn ich dir zweihundert Euro gebe, begleitest du mich dann ins Hotel?«

Der Mann, in dessen hässliches Gesicht ich durch das heruntergelassene Seitenfenster sah, grinste. Er sah wie ein Alkoholiker aus, seine Zähne waren ungepflegt, sein langes dunkles Haar teilweise ergraut. Er war sicher jenseits der sechzig. Es lag mir normalerweise fern, Menschen nach ihrem Äußeren zu beurteilen, aber es war schon erstaunlich, wie hässlich dieser Kerl war.

»Wie bitte?«, sagte ich.

Sah ich etwa aus wie eine Nutte? Ich war gekleidet wie eine Hausfrau und Mutter im Alltag und schwang weder die Handtasche noch die Hüften.

»Unter hundert Frauen erkenne ich euch«, sagte er. »Entweder kriege ich jetzt die Ohrfeige, oder ich komme in zwanzig Minuten wieder, und wenn du dann noch da bist, gehst du mit mir mit.«

Das Fenster schloss sich schneller als mein Mund. Der Wagen fuhr an und bog ein bisschen zu rasch um die Ecke.

Das hatte gesessen.

So ein Dreckskerl. Was erlaubte er sich, so mit mir zu reden?

Hastig blickte ich mich um. Außer dem Portier des gegenüberliegenden Hotels war weit und breit niemand zu sehen. Ich öffnete den kleinen Spiegel in meiner Handtasche und warf unauffällig einen Blick hinein. Ich fühlte mich dabei, als könnte mich im nächsten Moment etwas aus dem Hinterhalt anspringen. Aus dem Spiegel starrte mich mein eigenes Gesicht an. Meine Züge wirkten angespannt und verhärtet unter dem kunstvoll aufgetragenen Make-up. Meine verängstigten Augen begegneten mir mit einer unausgesprochenen Frage: Sah so eine Nutte aus?

Der Typ im BMW hatte vielleicht einfach geraten, weil ich vor einem Stundenhotel stand. Mein zweiter Kunde hatte mich dorthin bestellt. Vermutlich gingen hier nicht nur Geschäftsleute ein und aus, die sich vor und nach ihren Meetings umziehen wollten. Aus dem Internet wusste ich, dass es auch Zimmer mit Whirlpool gab sowie eines mit Himmelbett.

Das Hotel gefiel mir nicht. Die Portiere lugten ab und zu neugierig in meine Richtung, während ich auf meinen Kunden wartete, der schon längst überfällig war. Ich war nervös. Die dreihundert Euro hatten sich nur als Tropfen auf den heißen Stein erwiesen. Wir waren noch eine Nachzahlung für Strom und Gas aus dem Vorjahr schuldig und die laufenden Rechnungen konnten wir auch nicht begleichen. Irgendwann würde das Licht nicht mehr angehen, wenn ich beim Heimkommen auf den Schalter drückte, und die Kinder würden frierend im Dunkeln weinen.

Nachdem die Sache mit dem alten Mann so reibungslos verlaufen war, hatte ich die Seiten im Internet weiter durchforstet. Ich war schnell fündig geworden. Alle Anzeigen, die spezielle Wünsche andeuteten, ignorierte ich. Jene des alten Herrn im Fasanviertel hatten mich gewarnt.

Mein zweiter Kandidat konnte mich nicht zu Hause empfangen und ich ihn natürlich auch nicht bei mir. Er hatte dieses anonyme Stundenhotel vorgeschlagen und jetzt ließ er mich offenbar sitzen. Dabei hatte ich Mario erfolgreich als Babysitter eingeteilt, meinen Zeitplan für die ganze Woche mühsam auf diesen Termin abgestimmt und war siebzig Kilometer bis hierher gefahren. Die Zeitungen schrieben im Moment zwar manchmal, dass sich die Wirtschaft wieder erholen würde, doch darauf gab ich nichts mehr. Denn erstens stand am darauffolgenden Tag oft schon wieder das genaue Gegenteil in der Zeitung, und zweitens brauchte ich das Geld jetzt, jetzt sofort.

Als der schwarze BMW wieder neben mir hielt, kam ich seinem Fahrer zuvor.

»Wie viel zahlst du?«

»Hundertsechzig«, brummte der Mann hinter dem Steuer zufrieden.

»Du bist so hässlich, da musst du noch einen Hunderter drauflegen.«

Das war dreist. Aber das war seine Sprache. Und es war die Wahrheit. Sein deformiertes, verlebtes Gesicht hätte in eine Geisterbahn gepasst, und er sah nicht wie ein Typ aus, der sich allzu viele Illusionen über sein Äußeres machte.

»Schon mal etwas von der Wirtschaftskrise gehört?«, knurrte er und sah mich herausfordernd an.

»Deshalb bin ich hier.«

Ich lächelte freundlich und wartete.

Schließlich wedelte er mit drei Hundertern und wenig später fand ich mich mit ihm in einem Zimmer mit Whirlpool wieder. Es kostete achtundsiebzig Euro, die er zusätzlich zu meinen dreihundert im Voraus bezahlte. Dazu kaufte er Jetons für Pornos, die er von Anfang an im Hintergrund laufen ließ. Ich schaute nicht hin, als er sich auszog, fragte ihn aber höflich, ob er mich ausziehen wolle. Er lachte hämisch.

»Wir sind doch keine Kinder mehr«, meinte er. »Das ist etwas für Verliebte. Du brauchst wirklich nicht auf unschuldig zu machen.«

Ohne darauf einzugehen, legte ich meine Sachen fein säuberlich zusammen.

»Leg dich in die Wanne«, sagte er. »Ich komme gleich.«

Ich wartete im Badeschaum, während er sich Zeit ließ. Schließlich stand er vor mir, nackt und mit einem Etui in der Hand, das wie ein überdimensionales Maniküirset aussah. Als der Kerl seelenruhig eine Ampulle und eine Spritze herausnahm, erstarrte ich. Im heißen Wasser brach mir der Schweiß aus. Ich saß fest. Mit beiden Armen umklammerte ich verkrampft den glatten Beckenrand. Meine Fingerknöchel traten weiß durch die dünne Haut hervor. Mein ganzer Körper wehrte sich. Blitzartig scannte ich den Raum und prüfte die Fluchtmöglichkeiten. Der Typ war offenbar pervers. Und er war ziemlich groß. Ich lag nackt und hilflos vor ihm. Etwa siebzig Zentimeter von meinem Kopf entfernt zog er langsam die Spritze auf.

»Was soll das?«

Nur keine Angst zeigen. Ich hatte gelernt, meine Angst zu kontrollieren. Auch das hatte mit all den Krankheiten zu tun, die ich in meiner Jugend erdulden musste. Ich durfte zwar mein Mieder früher als alle anderen Miedermädchen für immer ablegen, aber nicht etwa, weil ich früher als sie erwachsen geworden war, sondern weil ich seit einiger Zeit von epileptischen Anfällen gequält wurde. Bei den unvermutet eintretenden Krampfattacken wäre ich in meiner Hartplastikschale womöglich elendiglich krepiert. Es war eine ziemliche Ironie des Schicksals. Die Skoliose hätte mich ohne Mieder ersticken lassen und die Epilepsie mit dem Mieder erst recht. Also wurde nach der Wirbelsäule mein Gehirn zum Ziel umfangreicher Untersuchungen und ausgiebiger Tests. Ein Angiom, ein Knäuel pathologischer Blutgefäße, in meinem Gehirn war für die Anfälle verantwortlich. Um es am Bildschirm des Apparats, der wie das Cockpit eines Flugzeugs aussah, orten zu können, musste ich bei einer Spezialuntersuchung Xenongas inhalieren, als wäre es reiner Sauerstoff. Durch die so entstehenden Farbkontraste konnten die Ärzte die Durchblutung und die Sauerstoffversorgung des Gehirns überprüfen. Doch mein Atmungsapparat wehrte sich vehement gegen das Edelgas. Der Arzt wollte mich überreden, doch unter der Maske hatte ich das Gefühl, auf der Stelle zu ersticken. Schließlich befahl mir der Arzt barsch, ruhig weiterzuatmen. Mir könne nichts passieren. Ich überwand die Angst und ihre körperlichen Reflexe und erstickte nur in meinen Tränen. Damals lernte ich, mir nichts anmerken zu lassen. Wie eine professionelle Schauspielerin konnte ich von da an meine Gefühle verbergen. Bei den unzähligen noch folgenden Untersuchungen wehrte ich mich weder, noch wurde ich hysterisch. Tapfer hielt ich alles aus. Ich ließ die Dinge scheinbar gefasst über mich ergehen – eine Überlebensstrategie, die ich noch immer beherrsche.

Mit stummem Entsetzen beobachtete ich den Mann. Alles passierte binnen weniger Sekunden. Er hantierte so geschickt und flink mit der Injektionsnadel wie ich mit meinen Nähnadeln. Vor meinen Augen jagte er sich die Spritze direkt in seinen Penis.

»Ich bin ein alter Mann«, kicherte er dabei. »Ich brauche das, damit sich mein Stock regt.«

Ich schluckte.

»Wie willst du ihn?«, fragte er. »Groß, klein, dick, dünn?«

Ich wollte nur, dass er die Spritze endlich weglegte.

Er zog die Nadel heraus und stieg ungerührt zu mir in die Wanne. Als wäre gar nichts geschehen, plauderte er los. Private Dinge über seine Frau, seinen alten Vater, seinen Sohn, den er immer noch finanzierte, und über seinen Beruf als Architekt. Ganz weich wurde er beim Reden über seine Familie, fast hätte ich ihn sympathisch gefunden. Ich saß mit diesem hässlichen Menschen, der sich gerade kaltblütig eine Spritze in sein Glied gerammt hatte, wie bei einem Kaffeekränzchen in der Badewanne. Vielleicht würde ich ja gleich aufwachen, neben Mario, und alles würde wieder gut sein.

Ich sagte ihm, dass er erst mein zweiter Kunde sei. Ich wollte nicht, dass er mich für eine Professionelle hielt. Ich würde niemals eine Professionelle werden. Doch meine Worte prallten völlig von ihm ab. Als die Spritze allmählich wirkte, verließen wir den Whirlpool. Er zog ein Kondom über und gab mir Anweisungen.

»Leg dich jetzt auf den Rücken. Gut so. Bleib so.«

Sein Penis war von der Spritze noch blutig. Unter dem Gummi sah ich einen dünnen roten Faden.

»Jetzt setz dich drauf und beweg dich ein bisschen«, befahl er mir.

Ich empfand nichts dabei, weder Ekel noch Abscheu. Eine der höchsten Formen der Meditation besteht darin, sich gänzlich aus seinem Körper zu verabschieden. Auch Menschen, die schon an der Schwelle zum Tod gestanden sind, berichten davon. Sie erzählen, wie sie sich selbst aus zwei oder drei Metern Entfernung von oben betrachteten, für alle eine wunderbare Erfahrung.

»Zeig mir deinen süßen kleinen Arsch.«

Er packte meine Pobacken und zog sie auseinander.

Ich schloss die Augen, schloss mich ein. Vermutlich hätte man mir in diesem Zustand ohne Narkose ein Bein amputieren können. Die Schmerzen in meiner Kindheit waren gute Lehrmeister gewesen. Wer täglich Schmerzen hat, lernt Abstand von seinem Körper zu nehmen und mit seiner Seele zu reisen.

»Dreh dich um und sieh mich an, du geile Sau.« Die Haare klebten an seinem Kopf und er roch säuerlich. »Mach die Augen auf.« Heftig stieß er in mich.

Einmal war ich wegen des Verdachtes auf Multiple Sklerose im Krankenhaus gewesen. Die wiederholten Entzündungen des Sehnervkopfes hatten die Ärzte darauf gebracht. Mit einer Injektion direkt ins Auge wollten sie einen Nerv, der von der Netzhaut weiter ins Gehirn verläuft, ruhigstellen. Als der Arzt die Spritze setzte, musste ich die Augen weit offen lassen. Ich musste mich neuerlich über alle Angstreflexe hinwegsetzen. Der Fluchtweg nach innen war mir diesmal abgeschnitten.

»Mach die Augen auf.«

Ich sah ihn an. Das hässliche Antlitz meiner eigenen Krise.

Ich war wehrlos, und dennoch konnte er mir nichts tun. Ich war betäubt und trotz meiner offenen Augen unendlich weit weg von ihm.

Er wimmerte ein wenig, als er endlich kam.

»Du brauchst mir nicht zu erzählen, dass du keine Professionelle bist«, sagte er hinterher.

»Warum?«, fragte ich.

»Deine Augen sind eiskalt.«

4

MAI 2009. Meine Beziehung zu meinen Fingernägeln veränderte sich. Ich trug sie jetzt sehr lang und ließ sie mit Acryllack verstärken. Im Alltag störte mich das nach einiger Übung gar nicht mehr. Mit meinen geübten Händen konnte ich Knöpfe trotzdem leicht öffnen und schließen. Nähen und meine Hausarbeit erledigen, war auch kein Problem. Der Trick dabei war simpel. Ich griff einfach nur mit flachen Bewegungen zu. Lange Fingernägel waren für mich immer die Insignien der Weiblichkeit gewesen. Außerdem machten sie meine kleinen Hände größer.

Meine Kunden mochten sowohl ihr Aussehen als auch die Regungen, die ich damit auf und unter ihrer Haut erzeugen konnte. Lange Fingernägel hatten eine ganz andere Berührungsintensität als eine Handfläche, Fingerspitzen oder Brüste. Ich setzte sie sehr geschickt und vorsichtig ein, um niemanden an einer empfindlichen Stelle zu verletzen. Für alle Fälle hatte ich bald immer eine spezielle Ärzteseife und ein Spray zum Desinfizieren dabei.

Die Termine plante ich immer dienstags ein, abhängig davon, wann meine Kunden Zeit hatten. Wenn Mario keine Zeit für die Kinder hatte, brachte ich sie bei meiner Mutter unter. An allen anderen Tagen arbeitete ich mit Hingabe in meiner Schneiderei. Niemand ahnte etwas.

Ich nahm mir vor, ausschließlich auf Inserate zu antworten, nicht aber eigene zu schalten. Zusätzlich legte ich ein Büchlein mit den Telefonnummern und Adressen meiner Kunden an.

Die Männer, die sich im virtuellen Raum tummelten, stammten aus praktisch allen sozialen Schichten. Anfangs dachte ich noch, sie alle wären einfach nur hungrig nach schnellem, hartem Sex. Doch allmählich wurde mir immer klarer, dass der körperliche Akt nur die eine Sache war. In Wirklichkeit sehnten sich diese Männer nach Zärtlichkeit. Sie alle vermissten Aufmerksamkeit. Sie vermissten es, von jemandem gesehen, gehört und vor allem berührt und liebkost zu werden. Die meisten von ihnen standen voll im Leben. Viele bekleideten irgendein Amt oder leiteten Unternehmen. Doch wenn sie nackt vor mir standen, erweckten sie alle diesen hilflosen Eindruck. Oft verstand ich nicht, was diese fremden Menschen in meiner Gegenwart spürten, aber mit der Zeit wurde mir klar, wie sehr sie mir vertrauten. Auf eine bestimmte Art öffneten sie mir ihr Herz und ich behandelte sie mit Respekt. Die meisten kamen wieder. Sie suchten meine Nähe. Menschen hatten schon immer meine Nähe gesucht, nicht nur Männer, sondern auch Frauen und Kinder. Ich hatte den Eindruck, dass sich dieses Phänomen noch verstärkt hatte, seit ich zwischen den Mühlen meiner scheiternden Existenz aufgerieben wurde. Vielleicht wuchs diese Energie auch in dem Ausmaß, in dem ich Liebe gab und selbst welche zurückbekam. Denn auch von meinen Kunden, die sich öffneten und denen ich etwas von mir gab, kam etwas zurück, nicht nur Geld, sondern auch so etwas wie Dankbarkeit und Freude.

Vielleicht waren das auch nur meine eigenen Illusionen. Vielleicht schützte ich mich damit vor der Erkenntnis, dass ich letztendlich eine ganz normale Hure geworden war. War ich das? War ich nicht einfach eine ganz normale Frau? Suchte ich vielleicht auch in diesem Abgrund in Wahrheit nur nach Liebe? Ich wusste keine Antwort auf diese Fragen.

Ich lebte von einem Tag zum anderen, von einer offenen Rechnung zur nächsten und letztendlich ohne Plan und Perspektive, es sei denn mit jener, dass ich mich noch immer nicht aufgegeben hatte. Ich suchte noch immer, erprobte mich noch immer und wollte noch immer lernen. Ich kämpfte weiter, und wenn ich lange genug durchhielt, würde ich eines Tages vielleicht wieder genug Boden unter den Füßen haben, um mich fort in ein neues Leben bewegen zu können. Wie auch immer dieses Leben dann aussehen würde … Dabei merkte ich zuerst gar nicht, wie ich allmählich tiefer und tiefer sank.

Als meine Kunden immer öfter über die hohen Zusatzkosten fürs Hotel murrten, suchte ich nach einem Ausweg. Im Internet entdeckte ich die Anzeige einer Susanne, die offiziell einen Saunaclub mit Zimmervermietung betrieb. Wie ich später herausfand, handelte es sich im Prinzip um ein Schwulen- und Transenlokal und Susanne selbst war eine registrierte Prostituierte. Sie bot zwei Kämmerchen ihres Klubs zur Vermietung an. Das kleinere, das mit einem Massagetisch ausgestattet war, kostete fünfundzwanzig Euro die Stunde, das größere, das über ein wackeliges Doppelbett und eine Duschkabine verfügte, dreißig. Wer das kleine Zimmer gebucht hatte und trotzdem duschen wollte, konnte das hinten in der Sauna tun – für fünf Euro extra. Susanne umging mit ihrem Geschäftsmodell geschickt die in Wien verbotene Zuhälterei. Sie hatte auch gemeinsame Werbung mit ihren »Mieterinnen« im Angebot, für hundertzehn Euro im Monat. Ein Fotoshooting wäre inbegriffen gewesen. Bloß kannte ich die einschlägigen Webseiten inzwischen schon und inserierte dort selbst. Mittlerweile fand man mich zwischen den Lolas, Nataschas und Biancas dieser Welt. Manchmal fragte ich mich, ob jemand anrufen und mich für den Direktvertrieb abwerben würde, um meine Seele zu retten. Ich hätte nicht gewusst, wie ich reagiert hätte. Aber ausgelacht hätte ich so eine Person bestimmt nicht.

Die Zimmer dieser Susanne interessierten mich. Ich fuhr zur genannten Adresse wie zu einem Vorstellungsgespräch bei einer Computerfirma. Eine mit bunten Lichtern eingerahmte Tür führte von der Straße in den Keller hinab. Sauber restaurierte Antiquitäten standen herum. Die Mahagoni-Bar passte nicht richtig dazu und es roch nach alten Mauern, feuchten Tapeten, Reinigungsmittel und Parfum.

Was für ein merkwürdiger Weg, den mein Leben eingeschlagen hat, dachte ich. Er war so fremd und voller unkalkulierbarer Risiken. Ich war weder verbittert noch stolz darauf. Ich sah einfach zu und versuchte zu überleben.

Und nun stand ich hier in dieser Klitsche, um ein möglichst billiges Zimmer für mich und meine wachsende Kundschaft zu organisieren. Meine eigene Geschäftsadresse. Mein eigenes Reich der Dunkelheit.

»Aber hallo, hallo!«

Ein etwa vierzigjähriger Mann mit deutschem Akzent, der sich als Eugen vorstellte, bat mich herzlich nach unten. Er schüttelte mir die Hand, servierte mir Kaffee und unterhielt sich im Plauderton mit mir. Die Chefin würde in zwanzig Minuten da sein, meinte er, während er mich ebenso unverhohlen wie unbarmherzig musterte und mich schließlich nach meinem Alter fragte.

Susannes Name stand auf einer goldenen Halskette, die sich glatt wie eine Schlange um ihren dürren Hals wand. Sie war ungeduldig, blond und billig gekleidet. Ich schätzte sie auf achtundvierzig Jahre.

»Hast du deinen Freifahrtschein mit, Herzchen?«, fragte sie als Erstes.

Ich sah Eugen verständnislos an.

»Na, den Nuttenpass«, klärte Eugen mich auf, dass Susanne nicht die Jahreskarte für die Wiener Linien meinte, sondern die behördliche Zulassung, um als Prostituierte arbeiten zu dürfen.

»Ich, nein ...«, stammelte ich. »Nein, ich mache das ja nur, um Geld dazuzuverdienen. Ich habe zwei Kinder und unser Haus ist noch nicht abbezahlt.«

»Hausfrau?«

Susanne glaubte mir nicht. Sie hatte mich als Nutte kategorisiert, und Nutten logen ihrer Meinung nach wohl prinzipiell.

Trotzdem war sie bereit, mit mir zusammenzuarbeiten. Ich sollte mich allerdings zwischendurch nicht hier in den Räumlichkeiten aufhalten. Das wäre illegal.

»Aber wenn du mit einem Freier kommst, Schätzchen, wird hier verlässlich immer ein Zimmer für dich frei sein.«

Sie erklärte mir noch, wie die Sache mit dem Geld generell lief. Ich durfte es mir nie in die Hand geben lassen. Mein Freier musste es offen irgendwo hinlegen. Wenn er weg war, sollte ich ungefähr eine halbe Stunde warten, ohne das Geld anzurühren. Sollte es zu einer Razzia kommen und sich der vermeintliche Kunde als verdeckter Ermittler herausstellen, könnte ich dann sagen, dass ich ihn gerade anrufen wollte, weil er sein Geld hier vergessen hatte.

»Dann können sie dir nichts tun, Schätzchen. Verstanden?«

Es war ein guter Tipp, den ich noch lange beherzigte.

In ihrem kleinen Klub führte mich Susanne nun vor wie eine Zirkusattraktion.

»Hast du schon unsere süße neue Pussy gesehen?«

Ich wäre vor Scham am liebsten unter den schweren roten Teppich gekrochen. Eugen beobachtete mich aufmerksam und schien als Einziger meine wahren Regungen mitzubekommen.

Ein Mann, der eben den Keller betreten hatte, musterte mich ebenso eingehend. Seine Blicke waren unverschämt. Er betrachtete mich wie ein Tier, das ihm am Markt angeboten wurde. Mich schauderte.

»Schau, was für zarte Füße sie hat«, meinte Susanne. »Und so schöne Haare und dann erst diese piekfeinen, sauberen Fingernägel. Der Busen steht auch noch.«

»Lass doch das arme Mädchen in Ruhe«, warf Eugen ein.

Ich machte gute Miene zum bösen Spiel.

Und der Mann, der mich so eingehend gemustert hatte, mietete das große Zimmer für uns beide. Ich schickte ihn zum Waschen ins Bad und rückte die Kissen am Bett zurecht. Dann platzierte ich Massageöl und Kondome in Griffweite. Ich wollte mich bemühen, aber wie sich herausstellte, war das nicht nötig. Als er zurück war, zog ich mich vor ihm aus. Mein Rock glitt zu Boden. Ich knöpfte im düsteren Licht des Zimmerchens langsam die Bluse auf und öffnete zuletzt meinen BH. Das erregte ihn sichtlich. Ich stützte ein Bein am Bettpfosten ab, um meine halterlosen Strümpfe aus dem Drogeriemarkt abzustreifen. Da stülpte er sich hastig das Kondom über, zerrte mich grob auf sein steifes Glied und ergoss sich nach einem kurzen gierigen Hin und Her. Danach schubste er mich weg, warf das Kondom auf den Boden und zog sich eilig an. Keine Massage, kein Wort.

Hundert Euro auf der Kommode. Siebzig für mich, dreißig für Susanne. Ich hatte von Etablissements an der Grenze gehört, in denen Freier darüber verhandelten, ob die Viertelstunde achtzehn oder fünfzehn Euro kostete. Wie einen Phantomschmerz spürte ich den Fremdkörper noch zwischen meinen Beinen. Vor Wut hätte ich laut schreien können, aber kein Laut drang über meine Lippen.

Bevor es wieder besser werden würde, würde es schlechter werden. Das hatte ich immer geahnt. Ich hatte aber nie geahnt, wie schlecht es noch werden konnte.

Als ich wieder nach draußen kam, saß der Kerl bei Susanne und Eugen an der Theke.

»Da ist sie ja«, grinste er.

Sie hatten gerade über mich gesprochen.

»Ich will ja nicht unromantisch sein, aber kannst du mir noch einmal sagen, wie du heißt?«

»Sally«, antwortete ich und es fühlte sich im ersten Moment merkwürdig an. Bisher hatte ich Freiern und auch Susanne und Eugen meinen richtigen Namen genannt.

Sally hatte ich schon im Englischunterricht in der Schule geheißen. Damals hatten sich alle Kinder, deren Name sich nicht ins Englische übersetzen ließ, einen eigenen englischen Namen aussuchen dürfen.

»Sally«, nickte Susanne und zwinkerte mir zu.

Ich ging und kam nie wieder.

KRATZER

DONNERSTAG, 28. JANUAR 2010, 16:15 UHR. Obwohl es garantiert nur Einbildung war, meinte ich beim Blick aus dem Fenster zur Haustür den dezenten Duft eines Herrenparfums wahrzunehmen. Eben hatte es geläutet, und ich sah routinemäßig nach, wer draußen stand. Schon am Telefon hatte der Mann vornehm geklungen. Seine Sprache war so elegant wie eine französische Herrenuhr in einer Auslage am Wiener Kohlmarkt. Als ich den Türöffner betätigte, war ich dankbar für die geografische Lage meiner Wohnung. Ihre Nähe zu einem Krankenhaus brachte mir viele gute Kunden, vor allem Ärzte und Manager, die alle einen anspruchsvollen Lebensstil pflegten, wenig Zeit für die Liebe hatten und deshalb leicht zufriedenzustellen waren. In meiner eigenen Zeit als Pflegerin im Krankenhaus wäre mir nie in den Sinn gekommen, wie viele Kollegen Geld für Sex ausgaben. Aber damals hätte ich mir auch noch nicht träumen lassen, wie viele Männer das generell taten.

Höflich betrat der Mann meine Wohnung, gerade so, als würde er eine entfernte Verwandte besuchen. Ich hängte seine Jacke in der Garderobe auf. Heimlich roch ich am Stoff und erkannte das Odeur sofort wieder. Ich hätte nicht sagen können, was genau diesen Geruch ausmachte – vielleicht war es der des Lebens oder der des Todes, der von Krankheit oder der von Heilung oder vielleicht kam er auch einfach nur von einem bestimmten medizinischen Desinfektionsmittel – jedenfalls hatte ich mich bei meinem ersten Eindruck nicht getäuscht. Der Mann kam aus dem Krankenhaus.

Mit seinem kahl rasierten Kopf verbarg er seine Stirnglatze und mir fiel auf, dass er gepflegter war, als ein durchschnittlicher Mann zu dieser Tageszeit eigentlich sein konnte. Zu Mittag zeigen sich normalerweise erste Bartschatten, aber die Gesichtshaut dieses Mannes war glatt wie ein Babypopo, als hätte er sich vor dem Haus noch rasch rasiert. Seine Haut sah trotz erster tieferer Falten aus, als würde sie zumindest sieben Mal die Woche professionell gepflegt und seine Hände waren perfekt manikürt. Dennoch schickte ich ihn unter die Dusche. Das war ein Akt der Routine, der mir Sicherheit gibt.

Als er sich mit einer sportlichen Bewegung auf das Massagebett schwang, sah ich seinen glatten muskulösen Rücken. Hut ab, dachte ich.

»Kratzen Sie mich, bitte«, sagte er unvermittelt.

Kratzen?

»Kratzen Sie mich am ganzen Körper mit Ihren Fingernägeln. Fest. Ich mag das.«

Sein Körper wies keinen einzigen Kratzer auf. Ich war ratlos. Dieser Wunsch war mir neu. Ich hätte ihn vom Nacken bis zum Po einfach kratzen können, so wie Mädchen Buben kratzen, wenn sie sich in der Schulpause in die Haare geraten. Ich konnte mir aber kaum vorstellen, dass ihn das glücklich machen würde, und er wirkte wie jemand, der seine Bedürfnisse sehr genau kannte.

Also entschloss ich mich dazu, ihm meine Standardmassage zu verpassen, bloß würde ich mich dabei nicht meiner Handballen und Fingerkuppen bedienen, sondern ausschließlich meiner Fingernägel. Mit ausgestreckten Fingern kratzte ich also über seinen Nacken, seinen Rücken, seine Arme, seinen Po, seine Hoden und Beine, und als er kaum reagierte, wiederholte ich die Prozedur mit mehr Druck. Ich musste dabei aufpassen, dass meine Nägel nicht abbrachen. Er wollte noch mehr Druck, und ich versuchte, trotzdem liebevoll zu bleiben. Statt mich an ihm auszutoben und ihm stellvertretend all das anzutun, was ich Männern schon immer einmal antun wollte, kratzte ich ihn mit dem inneren Wunsch, ihn glücklich zu machen.

Äußerlich hinterließ das Spuren in Form von diversen Hautabschürfungen. Die meisten waren weiß, einige waren hellrosa und bei manchen schimmerten sogar kleine Tröpfchen hellroten Bluts durch. Ich verwüstete seinen Körper, der danach bei Gott kein schöner Anblick mehr war. Wenn dieser feine Herr verheiratet ist, dachte ich, dann hat er am Abend ein Problem.

»Das war's«, sagte ich, als ich fertig war. »Ich hoffe, es war schön für Sie.«

Mit einem tiefen Seufzer erhob er sich.

»Das war die schönste Massage, die ich in meinem Leben je bekommen habe. Ich danke Ihnen.«

Ich kniff unwillkürlich die Augen zusammen, als er sein eng anliegendes weißes Unterhemd über die zerschundene Haut zog. Er lächelte und sah dabei vornehm und unerreichbar aus.

5

JUNI 2009. »So ist das also. Du bist eine Hure.«

Ein paar Stühle polterten über den glatten Parkettboden. Mario war außer sich.

»Du bist nichts anderes als eine billige Nutte.«

Er schleuderte einen Packen Zettel und Fotos quer über den Esstisch. Die Hälfte davon rutschte auf den Boden.

Ich hatte meine Kinder noch nie so erschrocken gesehen. Es war kaum auszuhalten. Verstört und entsetzt starrten sie abwechselnd mich und ihren Vater an. Aus ihren Augen drangen leise, verzweifelte Hilfeschreie.

»Georg, Anke, bitte geht in euer Zimmer. Papa ist wütend.«

Die beiden verschwanden ohne weitere Aufforderung leise die Treppe hinauf. Anke drehte sich am obersten Absatz noch einmal um und sah zu mir herunter – dieses kleine hübsche Mädchen mit den strahlenden Augen, das so viel Kraft und Mut hatte, so viel Lebenswillen, und das noch nichts von den Abgründen dieser Welt ahnte, die sich mitten durch ihre eigene Familie zogen. Ich wusste, dass ich den Blick, mit dem sie mich ansah, nie wieder vergessen würde.

»Schau dir die Fotos an«, brüllte Mario. »Wer bitte sind diese Typen? Kannst du mir das vielleicht erklären?«

Auf den Fotos war ich mit diversen Kunden zu sehen. Im Auto, auf der Straße, am Weg ins Hotel. Es war auch ein Foto dabei, auf dem ich Linnerth küsste. Es war ein kleiner Querschnitt durch das Leben einer Mutter, die in einem nicht mehr zu überbietenden Ausmaß versagt hatte. Es war ein Dossier, das alle Schuldfragen ein für alle Mal klärte und das keinen Raum mehr für Beschönigungen ließ. Ich hatte mich in Gedanken daran vorbeizustehlen versucht, aber die Wahrheit lautete: Ich war eine Hure. Ich hatte einen Hurennamen und verkehrte in Hurenabsteigen. Zulassung hatte ich noch immer keine, doch das machte bloß den Unterschied aus, dass ich keine legale, sondern eine illegale Prostituierte war.

Stumm sah und hörte ich Mario zu. Zuerst tobte er wegen Linnerth und nannte ihn einen Hurenbock. Dann schrie er mir Details aus meinen Verabredungen in Wien entgegen, als ginge es ihm gar nicht darum, mich zu überführen, sondern darum, sich selbst vor Augen zu halten, dass wirklich stimmte, was offensichtlich war.

»Du bist eine Hure«, brüllte er immer wieder, aber in unserem nach wie vor nach Tannenholz duftenden Wohnzimmer war dieser Satz einfach zu monströs, um wie die Wahrheit zu klingen.

Er wusste verblüffende Details darüber, wen ich wann und wo getroffen hatte, und dazu legte er auch noch E-Mails und SMS-Nachrichten meiner Kunden vor, in denen sie schrieben, was sie mit mir zu tun gedachten.

»Bist du von allen guten Geistern verlassen?«

Wie wild fuchtelte er vor mir in der Luft herum.

Während er mit rot angelaufenem Gesicht seiner Wut freien Lauf ließ, überlegte ich nüchtern. Ich war unglaublich leichtsinnig gewesen. Derartige E-Mails von einem Computer aus zu schreiben und zu empfangen, den mein Mann ebenfalls nach Lust und Laune benutzen konnte, war schlicht und einfach dumm gewesen. Genauso dumm wie mein altes Handy zu benützen. Beidem war einfach abzuhelfen. Ich würde mir einen GMX-Account zulegen. Warum hatte ich das nicht schon längst getan? sally72@gmx.com. Ich wusste, dass es Huren so machten.

Sie verwendeten für ihre E-Mail-Adresse ihren Künstlernamen und das Geburtsjahr, das wirkliche oder das erfundene. Wenn ich schon eine Hure war, wieso sollte ich dann nicht auch professionell wie eine agieren? Ich würde mir außerdem ein zweites Handy mit Wertkarte besorgen. So viel Investition würde sich auszahlen.

Vor Dingen wie dem roten Ford würde ich aber auch in Zukunft nicht gefeit sein. Der Wagen war mir die ganze Zeit über nicht aufgefallen. Marios Freunde waren mir darin seit Langem gefolgt. Heinz hatte die Aktion koordiniert. Auf die Idee, dass sich Mario und sein Busenfreund so etwas einfallen lassen und dann mit offensichtlich beträchtlichem Aufwand durchziehen würden, wäre ich in meinem schlimmsten Albtraum nicht gekommen. Sie hatten mich mit einer Professionalität bespitzelt, die ich ihnen gar nicht zugetraut hätte. Sie hatten sogar einen Sender in mein Auto eingebaut und aus allen ihnen vorliegenden Informationen eine detaillierte Chronologie meines Doppellebens hergestellt. Wenn sie diese Energie in einen seriösen Job investiert hätten, hätten sie es vermutlich weit gebracht.

»Ich bekomme Geld dafür, Mario«, sagte ich ruhig. »Ohne dieses Einkommen säßen wir schon längst auf der Straße. Mach die Augen auf, dann siehst du, dass ich recht habe.«

»Du Nutte!«, brüllte er. »Spinnst du jetzt völlig? Was fällt dir ein? Du drehst total durch. Jetzt habe ich auch noch eine Nymphomanin als Frau!« Er raste. »Ich werde es deiner Mutter erzählen. Anke, Georg kommt sofort herunter!«

»Lass die Kinder in Ruhe.«

»Die Kinder fahren jetzt mit mir zur Oma«, beharrte er, »und der werde ich alles über ihre Supertochter sagen. Über diese Supertochter, die immer alles kann und nie etwas falsch macht.«

Ich blickte ihn unbewegt an.

»Mario«, sagte ich, »bitte denke doch einmal ganz ruhig nach. Du hast im letzten halben Jahr keinen Cent verdient. Nicht einen lächerlichen Cent. Was glaubst du denn, wer deine Sozialversicherung bezahlt hat? Die Raten für das Haus und das Leasingauto? Das war ich. Ich habe das alles bezahlt. Ich habe die ganze Zeit über allein die Familie erhalten.«

Jetzt zitterte meine Stimme doch. Ich war in eine Falle getappt. Mein eigenes Heim, mein Zuhause war plötzlich ein Käfig für mich, aus dem es kein Entkommen gab. Ich fühlte mich verraten und verkauft. Wenn meine Eltern auch nur ein Sterbenswörtchen von meiner neuen »Arbeit« erfahren würden, wäre das nie wieder gutzumachen. Sie würden entsetzlich schockiert und enttäuscht sein, und das wäre das Allerschlimmste für mich. Noch schlimmer, als wenn meine Kinder in vollem Umfang verstanden hätten, was ich an Dienstagen in der Stadt tat. Am liebsten hätte ich einfach die Flucht ergriffen und wäre bis ans Ende der Welt gerannt. Verdammt, wieso war ich in jener Nacht nicht gegen einen Baum gefahren?

Immer noch unbewegt stand ich da. Mario würde jetzt erst recht nicht zu mir halten, das war klar. Er war getrieben von seinem Stolz, seinen Illusionen und seinen Freunden. Die nackte Angst drohte mich zu übermannen. Er würde seine Drohung wahr machen, würde meinen Eltern alles erzählen. Ich durfte mir nichts anmerken lassen. Es sollte so aussehen, als könnte ich seinen Drohungen standhalten. Dabei fühlte ich mich winzigklein und er war groß und sogar schön in seinem Zorn. Wie hatte alles nur so schieflaufen können? Auf einmal fühlte ich mich schmutzig und wünschte mir nichts mehr, als dass Mario mich einfach in den Arm nehmen und mir sagen würde, dass er jetzt endlich auch die Ärmel hochkrempeln würde. Stattdessen schnappte er sich meinen Computer.

»Den kannst du jetzt vergessen«, schrie er. »Und das Auto nehme ich dir auch weg.«

Jetzt bewegte ich mich doch. Ich sprang auf und versuchte verzweifelt, ihn aufzuhalten. Mario packte mich brutal an den Handgelenken. Ich befreite mich aus seinem Griff. Die Haut brannte über meinen Knöcheln.

»Du tust mir weh. Hör bitte auf, Mario. Wenn ich kein Geld verdiene, haben wir doch nichts. Kapierst du das nicht?«

Meine Tränen schmeckten bitter. Plötzlich ging alles sehr schnell. Er packte mich an der Kehle und schüttelte mich wie besinnungslos. Ich wehrte mich heftig, aber er ließ nicht locker. Wie eine Puppe hing ich zwischen seinen kräftigen Händen. Ich bekam keine Luft mehr. Meine Finger umkrallten seinen kräftigen Bizeps. Ein, zwei Nägel brachen ab, dann konnte ich nichts mehr hören. Dumpf hallte es in meinem Kopf wider und alles drehte sich im Kreis. Gleich darauf setzte wie auf Knopfdruck ein irrer Lärm ein. Der Druck von Marios Händen ließ nach und ich taumelte, kippte endlich seitlich nach hinten und schlug mit der linken Kopfseite gegen die Tischkante, während er mit der geballten Faust auf mein Gesicht zielte.

Hoffentlich schlägt er mir die Zähne nicht aus, war mein einziger Gedanke. Alles andere, eine gebrochene Nase, ein blaues Auge, ein Cut würde wieder heilen, aber meine Zähne würden nie mehr nachwachsen. Ich wollte schreien, aber aus meiner Kehle drang nur ein gequältes, leises Röcheln. In diesem Augenblick gewann Mario seine Beherrschung zurück. Verwirrt hielt er inne.

»Oh Gott … Elke!«

In meinem Kopf hämmerte es von der Wucht des Aufpralls. Auf einmal herrschte im ganzen Haus Totenstille. Ich hätte in diesem Moment gerne von oben auf mich heruntergeblickt, als körperloses Wesen, das nicht mehr dazugehörte. Aber ich war noch hier. Der Schmerz in meinem Kopf ließ keinen Zweifel daran aufkommen. Ich lag am Boden und mein rechtes Bein war verdreht. Mein gesamter Körper fühlte sich geschwollen an.

»Elke … es … tut mir leid.«

Ich blinzelte in Marios Richtung. Fahrig fuhr er sich mit beiden Händen über das Gesicht, als wolle er sich an seinem eigenen Kinn festhalten. Er presste die Hand auf den Mund und sein Atem ging schwer und laut. Ich dachte, dass er jeden Moment zu weinen beginnen würde, und fragte mich, was ihn in diesem Moment am meisten bewegte. Die Angst vor seinen eigenen Ausbrüchen, mein unmenschlicher Anblick oder die Gewissheit, dass unsere gemeinsame Zukunft endgültig verloren war. Er schien jedenfalls ehrlich betroffen zu sein. Ich machte einen läppischen Versuch, mich aufzurappeln. Mühsam zog ich mich an einem Stuhl hoch. Mario war in sich zusammengesunken, das reinste Häufchen Elend. Sein muskulöser Körper wirkte jetzt verletzlich. Als wäre die ganze Luft aus ihm gewichen. Ich konnte seine Hilflosigkeit sogar verstehen.

Ohnmächtig standen wir uns gegenüber. Nichts verband uns noch außer unserem Leid. Unsere Tage waren gezählt. Ich würde meinen Mario, den Mario, den ich geheiratet hatte, nie wiedersehen. Vor mir stand ein Fremder. Ich sah ihn nur schemenhaft und er war unendlich weit entfernt.

Mein Hirn begann fieberhaft zu arbeiten. Ich konnte nicht weiter mit diesem Mann zusammenleben. Ich wollte von ihm befreit sein. Ich musste die Dinge irgendwie so regeln, dass

Mario nicht mehr bei uns im Haus wohnen würde. Aber dazu brauchte ich noch mehr Geld.

Als ich meinen Mann ansah, wie er vor mir zu versteinern drohte, ertappte ich mich trotzdem bei einem seltsam versöhnlichen Gedanken: Vermutlich wäre ich ebenso durchgedreht, wenn ich dieselben Dinge über meinen Ehemann erfahren hätte.

Nach diesem Eklat ging das Leben vorerst weiter, ohne dass Entscheidungen fielen. Wir konnten uns Veränderungen einfach nicht leisten. Eine Veränderung gab es aber doch und sie bestand darin, dass Heinz von diesem Tag an noch unverschämter wurde. Mario war ständig in Kontakt mit ihm, während ich in der Schneiderei Aufträge erledigte, mit den Kindern Hausaufgaben machte oder das Haus putzte.

»Die saubere Elke«, ätzte Heinz, als ich mich gerade mit dem Staubsauger abmühte. »Du machst ja schöne Sachen.«

Ich ignorierte ihn, so gut ich konnte.

»Der arme Mario ist ganz unglücklich, weil er weiß, dass du täglich fünf Schwänze lutschst.«

Ich kümmerte mich weiter um den Fußboden. Mario tat so, als würde er fernsehen.

»Marios Freunde finden das auch nicht gut«, meinte Heinz weiter. »Sie sagen, du bist eine lausige Ehefrau.«

Dieser Mann ekelte mich immer mehr an.

»Marios Freunde wollen seine Ehre wiederherstellen«, fuhr er fort. »Nutten werden erschossen oder in den Ostblock verschleppt. Hast du das gewusst, Elke?«

Hastig suchte ich Marios Blick, ein sinnlos gewordener Reflex. Mein Mann war nicht mehr für mich da.

»Elke, Schatz, du musst keine Angst haben«, sagte Heinz und erdreistete sich, mir einen Klaps auf den Po zu geben. »Ich werde dich beschützen.« Er grinste breit und zog lautstark den Rotz auf. »Du musst dich halt auch erkenntlich zeigen, sagen wir einmal mit fünfhundert im Monat. Du bist ja jetzt Großverdienerin.«

Es war für mich unerträglich, dass sich dieses Individuum in meinem Haus aufhielt. Ich musste mich beherrschen, um ihn nicht tätlich anzugreifen. Er hörte nicht auf, mich zu demütigen. Er beteuerte, wie schade er es fände, wenn das Jugendamt von meinem Nebenjob erfahren würde. Und was wohl die Kinder sagen würden, wenn sie mehr über Mamas lukrative Einnahmequelle wüssten? Oder ihre Lehrer und Schulkollegen? Dabei grinste er hämisch.

Von diesem Gespräch an wurde meine Situation noch schlimmer, als sie es schon gewesen war und als ich es mir jemals vorstellen hätte können. Von diesem Tag an wurde ich erpresst.

Heinz und Marios dubiose Freunde waren allgegenwärtig, zumindest in meiner Fantasie. Hinter jeder Kurve vermutete ich einen von ihnen. Ich fürchtete, dass sie mein Haus abfackeln könnten. Zu detailreich hatte mir Heinz geschildert, wie sie so etwas anstellen könnten, ohne dass die Versicherung Verdacht schöpfen würde. Angeblich gehörte eine Versicherungsangestellte zu ihrer Clique, die sie in solchen Angelegenheiten beriet.

Am Abend versteckte ich immer mein Auto, weil ich Angst hatte, dass die Erpresser etwas daran manipulieren könnten. Jedes Mal, wenn ich nach Wien fuhr, ließ ich bei der Wiener Neustädter Niederlassung des Autofahrerclubs ÖAMTC überprüfen, ob die Räder immer noch gut festgeschraubt waren. Die Mechaniker waren freundlich, nach meinem fünften Besuch aber auch irritiert.

»Ich habe derzeit Stress mit meinem Mann«, versuchte ich zu erklären. »Ich mache mir Sorgen, dass er etwas Dummes tun könnte.«

»Wir verstehen das schon«, meinten sie daraufhin.

Mario hatte aufgehört, mit mir zu sprechen, aber er gab weiterhin mein Geld aus. Ich arbeitete im Haushalt, in der Schneiderei, bei Linnerth und in Wien so viel, dass ich allmählich mein Zeitgefühl verlor. Ich arbeitete buchstäblich Tag und Nacht. Ich spulte mein Programm ab wie ein gut trainiertes Tier – meinen Alltag als Ehefrau und Mutter mit Nebenerwerbsschneiderei und meine Tête-à-têtes mit Herren aller Art an den Dienstagen.

Die Schneiderei blühte auf. Die Kunden gingen ein und aus. Gereicht hätte das Geld trotzdem niemals. Mit meinen Nebeneinkünften konnte ich das Leben von uns allen irgendwie bezahlen, aber an eine Tilgung unserer Schulden war nicht zu denken. Schon gar nicht, solange ich Geld an Heinz abliefern musste. Nachdem alle von Mario abgeschlossenen Verträge geplatzt waren, standen wir mit fast siebenundzwanzigtausend Euro in der Kreide. Die Bank war zwar wieder geduldig, weil es am Konto wieder Bewegung gab, aber es blieb mir nichts anderes übrig, als mich weiter abzurackern. Ich war im Krieg. Das war meine Realität. Jeder einzelner Tag war ein Kampf. Ein Kampf gegen das System, das mich zu erdrücken drohte, und ein Kampf gegen jene, die mir am nächsten waren. Aber im Moment sah ich keine andere Möglichkeit, das Haus zu behalten und weiterhin Familie zu spielen. Mittlerweile führte ich ein Doppelleben wie im Bilderbuch.

6

SEPTEMBER 2009. Bevor ich den Sexshop betrat, warf ich einen schnellen Blick über die Schulter. Das war mir zur Gewohnheit geworden. An der gegenüberliegenden Ecke parkte der rote Ford. Schamlos hefteten sich diese Halunken täglich an meine Fersen, als wäre ich Freiwild. Sie machten sich nicht einmal mehr die Mühe, unbemerkt zu bleiben.

»Alles außer anal und SM, was?«, hatte Heinz einmal zu mir gesagt und mir dabei schamlos zugezwinkert.

Sie mussten also sogar einen aus ihrer Clique als Kunde zu mir geschickt haben. Ich wollte nicht wissen, wer es gewesen war. Vor Wut und Verzweiflung hätte ich am liebsten hier mitten im Laden losgeheult, riss mich aber zusammen. Ich zwang mich, normal und froh auszusehen. Eine freundliche Verkäuferin trat an mich heran.

»Was kann ich für Sie tun?«

»Ich suche ein Mieder.«

Als Kind hatte mir mein Mieder trotz aller damit verbundenen Beschwerden auch Halt gegeben. Zuerst hatte es mich nur körperlich gestützt, später auch seelisch. Es war zu einem Teil von mir geworden. Nichts und niemand hätte sich zwischen mich und mein Mieder drängen können. Es hatte mir zu einer aufrechten Haltung verholfen und mir gleichzeitig die größte Pein verursacht. Es hatte mich gelehrt, auf mein Innerstes zu hören und den Körper und seine Bedürfnisse nicht überzubewerten. Durch das Mieder hatte ich früh erkannt, dass jeder Mensch im Grunde allein ist.

Die Verkäuferin sah aus wie eine Studentin. Sie verkaufte Sexpuppen, Sadomaso-Utensilien und Gleitmittel wie andere Leute Äpfel oder Bio-Feigen. Als ich meinen Wunsch geäußert hatte, führte sie mich weiter nach hinten in den Laden. Ich wählte ein schlichtes Exemplar aus Satin in der Größe x-small. Es sollte sitzen wie eine zweite Haut. Hier wollten sie dreiundsiebzig Euro dafür. Maßgeschneidert hätte so ein Ding dreihundert Euro oder mehr gekostet, und mich selbst hätten bei der Näherei die Fischgräten überfordert.

»Das bringt Ihre tolle Figur noch mehr zu Geltung.«

Die Verkäuferin hielt das Mieder an meinen Körper. Meine Hände glitten über den kühlen Stoff und folgten meinen Kurven. Konzentriert betrachtete ich mich von oben bis unten im Spiegel. Meine Gedanken schweiften in die Ferne. Zu dem Punkt, ab dem alles schiefgegangen war. Ich erinnerte mich an meine Tagträume beim stundenlangen Nähen in meinem kleinen Atelier mit dem großen Schrank, dem Spiegel, der Nähmaschine auf dem Arbeitstisch und der Bügelstation. Ich erinnerte mich an die Luftschlösser, die ich damals gebaut hatte und bei denen Geld nie eine Rolle gespielt hatte, und daran, wie mich Mario kurz nach dem Schwarzen Montag mit einem Schlag in die triste Realität geholt hatte. Der Schwarze Montag, dem jetzt womöglich noch schwärzere folgen würden.

Seit einigen Wochen beobachtete ich die Konjunkturentwicklung, weil ich meine Vorstellung einer besseren Zukunft auf irgendetwas gründen musste. Ich klammerte mich an diese Hoffnung. Nachdem mein Leben gemeinsam mit der Wirtschaft abgestürzt war, dachte ich, dass es vielleicht auch gemeinsam mit ihr wieder anspringen könnte. Aber die Experten gaben keine eindeutigen Auskünfte und widersprachen einander weiterhin. Einige Prognosen besagten, dass dies alles erst der Anfang der Katastrophe gewesen sein könnte. Dass nach dem Absturz eine kurze Erholung kommen und erst dann alles richtig den Bach runtergehen würde.

Ich bat die junge Verkäuferin, das Mieder möglichst eng zu schnüren.

»Viel fester«, sagte ich. »Ziehen Sie es richtig zu.«

»Enger geht es nicht.«

»Doch, es geht. Ich schreie schon, wenn es weh tut.«

Mit einem Ruck zurrte sie das Mieder unter meinen Rippen zu. Das Plastik schnitt mir in die Haut. Unwillkürlich kniff ich die Lider zusammen. Nach Halt suchend tastete ich nach der Garderobenstange.

Mit großen runden Augen sah mich die Studentin an.

»Danke, es geht schon.«

Ich konnte mich weder bewegen noch einatmen.

Mario hatte nach unserem Eklat seine Drohungen teilweise wahr gemacht. Er hatte meiner Mutter einen kleinen Auszug aus meinen E-Mail-Korrespondenzen gezeigt. Und zwar gerade nur so viel, dass sie ahnen musste, was Sache war, während er sich die giftigsten Pfeile im Köcher behalten hatte. Er hatte damit bewiesen, dass er nicht davor zurückschrecken würde, mich an den Pranger zu stellen. Auf dem Spielplatz hatte mich meine Mutter darauf angesprochen.

»Wie war das mit dem Bikinifoto, das du fremden Männern geschickt hast?«

»Ach das«, sagte ich mit einer wegwischenden Handbewegung. Ich wusste genau, dass meine Mutter nicht einmal richtig verstand, was eine E-Mail war. »Es war nur ein Mann. Er ist ein guter Freund, zwischen uns ist nichts, und ich hatte mir gerade einen neuen Bikini gekauft. Du weißt ja, wie Mario ist. Wenn ich ihm so etwas zeige, reagiert er gar nicht.«

Sie ließ sich bereitwillig beruhigen. Mütter wollen es manchmal nicht so genau wissen. Meine jedenfalls nicht.

Langsam bekam ich wieder Luft in meinem neuen Mieder. Die alte Atemtechnik beherrschte ich also noch. Nicht in den Bauch atmen. In wenigen Minuten würde ich aufstehen und nach Hause fahren können. Das Mieder behielt ich gleich an. Ich zog den Rock hoch und knöpfte die Bluse bis oben hin zu. Aufrecht und gerade stand ich vor dem Spiegel. Das Mieder war für niemanden sichtbar, aber ich spürte wieder den gewohnten Halt. Und den Schmerz. So kann ich funktionieren, dachte ich. Ich muss nur ein wenig Geduld haben.

7

OKTOBER 2009. Seine Stimme war mir sofort bekannt vorgekommen. Am Telefon hatte er etwas von einer geplanten »kleinen speziellen Weihnachtsfeier im intimen Rahmen« gefaselt und von einem Geschäftsfreund, dem er »zeigen wollte, wo Gott wohnt«. Treffpunkt war ein Swingerclub namens Hollywood.

Ich war normalerweise nicht gut im Wiedererkennen von Stimmen, aber diese eine hatte ich nicht vergessen. Sie gehörte Peter, dem Typen aus dem Stundenhotel, der sich vor meinen Augen eine Spritze in den Schwanz gerammt hatte.

Es schneite, als ich zu dem Club fuhr. Mit meinen Moonboots stapfte ich durch den Matsch und betrat das Etablissement pünktlich zum verabredeten Termin. In der Garderobe schälte ich mich aus mehreren Schichten von Jacken, Pullis und T-Shirts. Die Wollstrumpfhosen tauschte ich gegen halterlose Strümpfe und die Stiefel gegen fünfzehn Zentimeter hohe schwarze High Heels. Mein Handy surrte.

»Ich schaffe es nicht rechtzeitig.« Peter war vor lauter Hektik etwas heiser. Die Hintergrundgeräusche waren so laut, dass ich ihn kaum verstand. Es klang nach Baustelle. »Geh du schon mal vor, ich komme gleich. Die Leute im Club wissen Bescheid und Gerhard ist auch schon da.«

Vor dem Spiegel der Spindtür strich ich den durchscheinenden roten Stoff des Babydoll-Minikleids glatt. Mein String aus glänzend schwarzem Leder hatte einen Rüschenrand, der die zart sichtbare Kaiserschnittnarbe über meinem Schambein verdeckte. Der BH-Einsatz war ebenfalls aus schwarzem Leder und am Ausschnitt mit Spitze verziert. Unterhalb der Brust war der Stoff geschlitzt und fiel lose auseinander. Das war praktisch, denn so konnte ich die Kleidung anlassen, während meine Kunden freie Hand hatten. Mechanisch griff ich in den BH, hob meinen Busen an und sorgte dafür, dass er den Stoff besser ausfüllte. Ich war bereit.

»Ein Red Bull, bitte.«

Die Bardame lächelte mich an.

»Du musst Sally sein«, sagte sie, als sie mir den Drink hinstellte. »Ich habe schon viel von dir gehört.«

Erstaunt sah ich sie an. Ich war zum ersten Mal im Hollywood und überhaupt war dies mein erster Besuch in einem Swingerclub. Sie erklärte mir, dass Peter Stammgast hier wäre. Er habe mich genau beschrieben und von mir geschwärmt. Sie redete auf mich ein wie auf eine gute Freundin und erzählte mir ihre ganze Lebensgeschichte in drei Sätzen. Dass sie aus der Schweiz komme, Musicalstar werden wollte und trotz ihrer jungen Jahre schon Großmutter sei. Ich hörte nur halb zu und nutzte die Gelegenheit, um mich umzusehen. Während die Frauen hier enge Catsuits und sexy Wäsche trugen, hingen die Männer im Einheitslook mit Handtüchern um die Hüften herum.

»Sally?«

Der Mann, der mich ansprach, war mindestens fünfundsechzig. Er hatte eine fettig glänzende Oberglatze und rundherum gelbliche Haare. Unterhalb des aufgeblähten Bauches hing sein Handtuch.

»Ja?«

Ich senkte den Blick.

Der Mann hatte unregelmäßig lange Zehen, deren mittlere über seine Pantoffel vorstanden, und seine Fingernägel waren krallenartig verhornt. Man würde eine Zange brauchen, um sie abzuknipsen, dachte ich.

»Ich weiß alles«, sagte er grinsend.

»Was weißt du?«

»Die ganze Story. Wie Peter dich vor dem Stundenhotel aufgegabelt hat und so.«

Er kannte tatsächlich alle Details. Während er redete, tätschelte er durch den Schlitz meines Babydolls an mir herum und erklärte mir, wie geil ihn mein kleines Bäuchlein mache. Er rieb seinen schlaffen Penis, den ich durch das Handtuch nur ahnen konnte, an meinem Oberschenkel.

»Ich geh mal nach nebenan und spritz ihn mir auf«, verkündete er schließlich lüstern. »Peter wird gleich hier sein. Dann feiern wir alle zusammen.«

Lachend gab er mir einen Klaps auf den Po und verschwand. Ich dachte an die Szene, die ich mit Peter im Stundenhotel erlebt hatte und fragte mich, was genau diese Männer sich da in den Penis injizierten.

»Sally! Du siehst ja heiß aus.« Peter musterte mich von oben bis unten. Schließlich stieß er einen bewundernden Pfiff aus. Ich fand ihn nach wie vor unglaublich hässlich. »Dann wollen wir mal keine Zeit verlieren. Ich geh kurz nach nebenan und du wartest hier. Okay?«

Keine drei Minuten später kamen die beiden Männer aus dem Nebenraum. Sie sahen lächerlich aus. Mir fiel das alte Kinderlied ein. Alle meine Entlein schwimmen auf dem See, Köpfchen unter Wasser, Schwänzchen in die Höh. Sie stellten sich links und rechts neben mich an die Bar und fingerten an mir herum. Dabei prahlten sie mit anzüglichen Geschichten und Sexerlebnissen und wiegelten sich gegenseitig auf. Irgendwann sah Gerhard auf die Uhr.

»Mist, ich muss in einer halben Stunde weg«, sagt er.

»Dann bringen wir die Sache zu Ende«, schlug Peter vor.

Im Nebenraum, in dem ein Bett stand, übernahm Peter das Kommando. Ich sollte zwischen seinen Beinen knien, während er am Bettrand saß, und ihm einen blasen. Gerhard sollte mich gleichzeitig von hinten nehmen, was er bereitwillig tat. Wieder trieben sich die Männer gegenseitig hoch und maßen ihre Kräfte. Sie stöhnten und lechzten um die Wette. Aus dem Stundenhotel wusste ich noch, dass Peter Schwierigkeiten mit dem Orgasmus hatte. Aber der zweite Mann im Raum brachte ihn offenbar derart in Fahrt, dass er diesmal nach fünf Minuten so weit war.

Ich bekam dreihundertfünfzig Euro für die dreiviertel Stunde an der Bar und die zehn Minuten im Hinterzimmer. Peter sah ich auch danach noch einige Male, aber es war das erste und letzte Mal, dass ich mit zwei Männern gleichzeitig Sex hatte.

TRÄNEN

DONNERSTAG, 26. NOVEMBER 2009, 14:30 UHR. Nervös trat der Mann an meiner Tür von einem Bein auf das andere, als wäre er nicht sicher, ob er bleiben oder gehen sollte. Hektisch fuhr er sich durch die gewellten grauen Haare und über das Gesicht. Seine Nervosität war ansteckend.

»Nur herein.«

Mit einer einladenden Geste bat ich ihn in meine Wohnung. Ausziehen, Kleider zusammenlegen, Duschen und den Blackberry auf lautlos schalten – das alles erledigte er blitzartig schnell. Obwohl er schon ein älteres Semester war, wirkte er flink und agil. Auf dem Bettrand saß er wie auf Nadeln. Ich musste ihn regelrecht zwingen, sich bequem hinzulegen.

Den Termin hatten wir in einem ähnlichen Stil vereinbart. Ein knappes Telefonat, als ginge es um ein Geschäftsessen. Wobei ich bezweifelte, dass er Geschäftsessen mochte. Vermutlich unterhielt er sich am liebsten mit einem Notebook vor sich und einem Flipchart neben sich. Wie er überhaupt auf die Idee gekommen war, mich anzurufen, war mir ein Rätsel. Wahrscheinlich hatte er mich zwischen zwei Businesstermine gequetscht.

Schultern, Oberschenkel, Po. Er seufzte. Seine Muskeln waren gespannt wie Drahtseile. Als ich ihn nach seinem Job fragte, referierte er mit monotoner Stimme und ohne Punkt und Komma seinen Lebenslauf. Er hieß Christian und war seit dreißig Jahren Vorstand eines mittelständischen Süßwarenunternehmens. Er machte die Strategien und war am Schluss verantwortlich, wenn die Zahlen nicht stimmten. Und im Moment stimmten die Zahlen in kaum einem Unternehmen der Welt. Die Belastungen manifestierten sich in jeder Faser seines Körpers. Sein Rücken fühlte sich an, als wäre durch das ständige Unterdrücken seiner Gefühle eine Metallplatte zwischen Haut und Knochen entstanden.

»Ist es gut so?«

Sanft tastete ich mich mit den Fingerkuppen zu seinem Hinterteil zurück. Ich durfte ihn nicht überfordern. Er lag da wie auf der Lauer. Als drohe ihm Gefahr. Ich fuhr mit beiden Händen zwischen seine Oberschenkel. Er regte sich kaum, saugte aber meine Berührungen auf wie ein Schwamm. Er gab keinen Laut von sich, trotzdem merkte ich, wie sich seine Anspannung allmählich löste. Er atmete tiefer und ich verstärkte den Druck. Feucht spürte ich seine Erleichterung in meinen Händen.

Die Zeit war abgelaufen, und ich hatte es eilig, weil ich mit meiner Tochter Hausaufgaben machen wollte. Doch der Mann auf meinem Massagebett rührte sich noch immer nicht. Ich beschloss, ihn noch ein wenig auszumassieren. Plötzlich zuckte er unter meinen Händen. Ich erschrak. Er weinte.

»Habe ich dir weh getan?«, fragte ich bestürzt.

Christian schluchzte und ich nahm ihn unwillkürlich in die Arme wie ein Kind.

»Bitte entschuldige.«

Er versuchte, seiner Tränenflut wieder Herr zu werden. »Ich habe so viel Liebe nicht mehr erfahren, seit meine Mutter gestorben ist«, stammelte er.

Ich hielt seinen Kopf und wiegte ihn wie ein Baby. Er weinte über die kalte Welt da draußen. Ich weinte auch, heimlich, über meine unendliche Einsamkeit.

»Pass auf dich auf«, sagte ich zum Abschied.

»Danke, Sally«, antwortete er.

8

NOVEMBER 2009. Eine befremdliche Routine kehrte in mein Leben ein. In der Rotlichtszene war ich bald bekannter, als mir lieb war. Ich konnte mich aber immer noch nicht von Mario lösen, weder in der Organisation unseres Lebens noch – trotz allem – innerlich. Mario passte auch immer bereitwilliger auf die Kinder auf. Solange ich Heinz' und unsere Rechnungen bezahlte – unsere Fixkosten beliefen sich auf rund zweitausendfünfhundert Euro im Monat –, hatte ich auch eine gewisse Gestaltungsfreiheit in meinem Alltag. Je größer die Beträge waren, die ich ihm ablieferte, desto weniger kümmerte er sich darum, was ich so tat.

Als ich in Wien ein kleines Zimmer-Küche-Appartement mietete, um künftig dort meiner Nebenbeschäftigung nachzugehen, verhielt sich Mario ziemlich professionell. Er sicherte damit ja sein Einkommen. Er schloss also den Mietvertrag auf seinen Namen ab, damit niemand Verdacht schöpfen konnte. Dem Vermieter selbst brauchte er allerdings nichts vorzumachen. Auch zuvor war die im Hochparterre gelegene Wohnung zum gleichen Zweck genutzt worden. Mario meldete auch meinen Wagen auf die Wiener Adresse an, damit niemand aufgrund meines Kennzeichens eine Verbindung zu unserem Heimatort herstellen konnte. Der Plan war, dass ich künftig mindestens zwei Tage die Woche nach Wien fahren würde. Mario fand das sogar gut.

Was genau ich meinen Kunden anbot, war Mario egal. Mir aber war es das nicht. Bei Susanne hatte ich verstanden, dass ich als gewöhnliche Hure auf Dauer einfach zerbrechen würde. Deshalb experimentierte ich mit der Liebesbedürftigkeit meiner Kunden. Immer wieder hatte ich diese Sehnsucht hinter ihrer Gier gespürt, und jene Männer, bei denen ich dieses Bedürfnis erfolgreich angesprochen hatte, waren am glücklichsten gegangen und am ehesten wiedergekommen. Bei ihnen war es nicht mehr um Ficken gegangen, sondern um Berührung und um Zärtlichkeit, um Dinge also, die ich mit einer speziell darauf ausgerichteten Massage, die den Intimbereich inkludierte, anbieten konnte. Manchmal, wenn ich jemanden konzentriert und intensiv berührte, konnte ich diesen Menschen durch und durch spüren. Ich spürte nicht nur den Druck meiner Hände auf seiner Haut, sondern auch die Begegnung meiner Energie mit seiner Seele. Wenn ich es manchmal zulassen konnte, dass mich ein willkürlich ausgesuchter Mann umarmte, konnte ich ihn im selben Moment auch glücklich machen. Ich öffnete mich zunehmend dieser Art von Begegnung und experimentierte damit.

Während mich Susanne auf eine der vielen im Milieu gebräuchlichen Marken reduziert hätte, auf Sally, die Hausfrauenhure mit Herz, fühlte ich mich weiter als in Not geratene Mutter, die im tiefsten Wellental ihres Lebens Bedürftigen Liebe für Geld gab, ohne darüber nachzudenken, wie wenig Liebe ihr selbst geblieben war. Und ich nahm diese Rolle ernst. Ich recherchierte im Internet, stieß auf den Begriff Tantra und setzte mich damit auseinander, bis ich mir einen Überblick verschafft hatte. Tantra hat etwas mit Hingabe zu tun. In dem Moment, in dem man sich beim Tantra-Sex aufrichtig füreinander öffnet, nehmen die Seelen zweier Menschen Kontakt miteinander auf. Dabei muss es gar nicht zu herkömmlichem Geschlechtsverkehr kommen. Im Indischen bedeutet Tantra so viel wie: der Schlüssel zur Weisheit. Wer die tantrische Art der Verschmelzung erreicht, erlebt den kosmischen Orgasmus, ein Gefühl wie eine

Umarmung der ganzen Welt. Manchmal konnte ich mich des Eindrucks nicht erwehren, dass ich vieles von dem, was ich über Tantra las, selbst geschrieben haben könnte. Die landläufigen klassischen Massagetechniken – vor allem im medizinischen Bereich – behandeln den menschlichen Körper vom Hals bis zu den Lenden. Bei der Lymphdrainage oder bei Sportmassagen werden auch noch die Beine berücksichtigt. Po und Brüste werden ausgelassen, vom Schambereich ganz zu schweigen. Aus eigener Erfahrung als Krankenpflegerin wusste ich sehr wohl, wie versteckt erotisch eine medizinische Massage sein konnte. Einer der wesentlichen Unterschiede zur Tantra-Massage bestand also darin, dass ich nicht mehr beschämt zu Boden blicken musste, wenn ein Mann bei der Massage eine Erektion bekam.

Ich entwickelte meine eigene Massageform weiter und brachte meine von der Schneiderei hoch entwickelte Feinmotorik, Sensibilität und Hygiene sowie meine Erfahrungen als Pflegerin ein. In meinen Inseraten bot ich jetzt offensiv Zärtlichkeit an und versuchte bei der Wahl meiner Kunden jene zu vermeiden, die mich nur als Anlaufstelle für ihre Triebbefriedigung betrachteten. Ich verließ mich dabei auf mein Bauchgefühl und ich wurde immer besser darin.

Der Weg, den ich beschritt, war ungewiss, ich lernte von Kunde zu Kunde dazu, beobachtete die Reaktionen der Männer, lernte sie einzuschätzen und hoffte, dass mich diese Kenntnisse eines Tages aus der Prostitution herausführen würden, ohne zu wissen, wie das geschehen sollte.

Die anderen Bewohnerinnen des Wiener Hauses kümmerten sich kaum um mich. Bloß ein alter Mann sprach mich einmal an.

»Ich weiß genau, was Sie da tun«, sagte er.

»Ach so? Warum kommen Sie dann nicht auf einen Sprung vorbei?«, lachte ich.

Danach redete er mich nie wieder schief an.

Moralische Unterstützung gewährte mir Snejana, die Hausmeisterin, eine Ex-Prostituierte, die vor vielen Jahren nach Wien gekommen war und jetzt kurz vor ihrer Pensionierung stand. Sie kehrte den Hof, schrubbte das Treppenhaus, putzte die Fenster, und wenn ich ihr zehn Euro gab, putzte sie meine gleich mit.

Mein wirtschaftlicher Plan bestand nun darin, an zwei Tagen die Woche genug zu verdienen, um mit eisernem Sparen irgendwann mir und meinen Kindern die Freiheit von Mario erkaufen zu können. Wie das genau funktionieren sollte, wusste ich allerdings noch nicht, aber bis auf einen Milchkaffee ab und zu und die zehn Euro für Snejana gab ich keinen Cent zu viel aus. Von der Konjunktur war jedenfalls kein Rückenwind zu erhoffen. Griechenland stand vor der Pleite, und niemand wusste, wie vielen anderen Staaten es bald genauso gehen würde und wie lange Europa das aushalten konnte. Andere Familien hatten vielleicht Rücklagen oder ein soziales Umfeld, auf das sie vertrauen konnten. Doch ich hatte nichts davon. Ich hatte nur meine Schulden, meinen Körper und mein Mieder.

Irgendwann stand ein genaues Programm, das ich meinen Kunden von da an anbot, fest. Ich inserierte es als eine Kombination aus Tantra- und Thai-Body-Massage »mit Ergänzung im erotischen Bereich«. Mit dieser Formel entsprach ich dem Sprachgebrauch des Rotlichtmilieus, in dem ich mich natürlich trotzdem bewegte. Bereits am Telefon beziehungsweise per E-Mail vereinbarte ich mit meinen Kunden, wie weit wir gehen würden. Mein Basisangebot sah die reine »Kombinationsmassage« für hundert Euro, eine »Lingam-Penismassage nach

Tantra« für hundertdreißig Euro und nach Wunsch auch »mehr« für hundertsechzig Euro vor.

Meine Kombinationsmassage begann mit einer klassischen Rückenmassage. Es handelte sich um eine Entspannungsmassage, wie sie jeder herkömmliche Masseur anbietet. Danach animierte ich die tantrischen Energieverläufe meines weiterhin am Bauch liegenden Kunden. Ich folgte ihnen mit den Fingerkuppen von der Pofalte über die Hüfte nach außen und entlang des äußeren Oberschenkels bis zur Kniekehle. Als Nächstes konzentrierte ich mich auf je eine Seite und animierte die Kniekehlen mit runden Bewegungen, die ich bis zur Mitte der Oberschenkel ausdehnte. Zum Abschluss dieser Phase ging ich mit der einen Hand von der Kniekehle aus und mit der anderen an der Innenseite des Oberschenkels so weit nach oben, dass ich gerade den inneren Oberschenkel berührte. Jetzt machte ich unter den Pobacken eine halbmondförmige, auseinanderlaufende Bewegung, die auf der einen Seite wieder bis unter die Hoden und auf der anderen bis zur Hüfte führte. Das empfanden meine Kunden immer als besonders aufregend. Das Ganze machte ich zuerst auf der linken und dann auf der rechten Seite. Als Nächstes ging ich in herzförmigen Bewegungen wieder von der Pofalte aus und strich über die Hüften und die Oberschenkel bis zu den Hoden. Zunächst machte ich das mehrmals mit den Fingerkuppen und hinterher auch mit den Fingernägeln. Schließlich strich ich mit den Fingernägeln diagonal über die Pobacke und wieder herzförmig über die Hüfte bis zu den Oberschenkeln. Es folgten herzförmige Bewegungen mit zwei Fingern rund um den Anus, wobei ich wieder auch die Hoden berührte. Ich kniete dabei die ganze Zeit über zwischen den Beinen meines am Bauch liegenden Kunden.

Als Nächstes zog ich BH und Höschen aus und streichelte über sein Gesäß, etwas fester und bis in die Mitte des Rückens. Diese Bewegung führte ich nach außen, sodass ich mich am Ende mit den Unterarmen am Bett abstützen konnte. Alles war dabei ein harmonischer Fluss, nichts durfte abrupt geschehen, keine Bewegung durfte einfach enden, alles musste ineinander übergehen. Schließlich setzte ich mit meinen Brüsten bei seinen Pobacken an und massierte gleichzeitig mit den Händen seinen Rücken. So bewegte ich mich vorsichtig in kreisförmigen Bewegungen nach oben. Auf diese Art fuhr ich mit meinen Brüsten kreisförmig über den Rücken des Mannes und berührte am Ende mit ihren Spitzen seinen Nacken.

Danach drehte ich mich um und fuhr mit den Händen seine Beine entlang bis zu seinen Fußsohlen. Ich lag jetzt mit dem Bauch auf seinem Rücken, mit den Brüsten auf seinem Po und massierte mit den Händen seine Füße und Waden. Nun drehte ich mich auf ihm wieder um hundertachtzig Grad und strich zuerst auf der rechten Seite von der Schulter bis zum Fuß und dann auf der linken. Diese Phase schloss ich ab, indem ich seinen Rücken mit meinen Fingernägeln animierte und den Mann anschließend höflich fragte, ob er sich umdrehen wolle. Ich ölte nun auch seine Vorderseite ein und wiederholte mit ein paar Einschränkungen im Prinzip das Rückenprogramm.

Die Lingam-Massage begann beim Damm, also dem Stück zwischen dem Anus und dem Hodenansatz, das ich mit kreisenden Bewegungen meiner Fingerkuppen animierte, um mich auf die gleiche Art weiter bis zum Penisschaft zu bewegen. Ich verwendete zwei bis drei Finger, je nachdem wie weit sich die Hoden auseinanderspreizen ließen. Anschließend massierte ich ganz vorsichtig die Hodennaht entlang. Das bewirkte, dass sich die Hoden zusammenzogen und ich sie mit einem Griff nehmen und leicht nach oben ziehen konnte, sodass sie eine Herzform bildeten. Diese Herzform modulierte ich langsam mit meinen Zeigefingern nach. Dann teilte ich die Hoden, nahm eine und spannte die Haut darüber, um sicherzustellen, dass ich nur die Hode selbst und nicht das Gewebe drum herum berühren konnte. Im Zangengriff massierte ich so jede Hode einzeln. Danach massierte ich wieder mit zwei bis drei Fingern vom Damm ausgehend, diesmal aber über den Penisschaft hinaus bis zum Gliedbändchen. Ich kniete auch dabei zwischen den Beinen meines, jetzt am Rücken liegenden, Kunden. Als Nächstes umfasste ich mit vier Fingern die Hoden, von unten mit den Daumen den Penis, den ich zu mir herunterzog, während ich die Hoden nach oben streichelte. In dieser Phase berührte ich immer nur den Penisschaft und niemals die Eichel. Erst danach fuhr ich mit dem Daumen zum ersten Mal über die Eichel, und zwar parallel zum Gliedbändchen bis zu ihrer Spitze und vollendete die Bewegung hinten von der Eichelspitze bis zu ihrem Rand. Dann massierte ich wieder den Penisschaft hinauf, nahm das Gliedbändchen dazu, stellte das Glied auf und massierte den Eichelrand entlang. Mit zwei gespreizten Fingern nahm ich hinterher zuerst den unteren Eichelrand in die Zange und massierte dann auf diese Art den ganzen Penis. Nun setzte ich vorsichtig meine Fingernägel ein und tastete mich damit den Penis entlang nach oben. Die gesamte Abfolge wiederholte ich mehrmals. Es gab auch eine orale Version. Die funktionierte im Prinzip gleich, mit ein bisschen Zungenspitze. Ich steckte den Penis zwar in den Mund, schloss den Mund aber nicht. Der Mann spürte also mehr einen Hauch, ein sanftes Gefühl, von einem Mund umschlossen zu sein.

Wünschte der Kunde mehr, nahm ich seinen Penis, Bauch auf Bauch liegend, zuerst zwischen meine Oberschenkel. Dann zog ich ihm einen Gummi über, kniete mich über ihn, setzte mich auf sein steifes Glied und massierte mit meiner Vagina seinen Penis. Zu diesem Zeitpunkt war die Stunde meistens schon so gut wie um. Sobald er gekommen war, strich ich die Energieverläufe, die ich zuvor zu seiner Mitte hin gebündelt hatte, von der Schulter bis zu den Fingerkuppen und von der Brust bis zu den Zehenspitzen aus. Das Kondom hatte ich ihm zu diesem Zeitpunkt bereits abgenommen, verknotet, auf den Boden geworfen und ihn abgewischt. Ich berührte die Chakren auf seinen Schultern, Ellbogen, Handgelenken, Hüften und Fesseln mit einem kurzen Druck. Das half dem Mann, sich entspannt von mir zu trennen. Zum Abschluss verabschiedete ich mich mit beiden Händen von seinem Solarplexus, verbeugte mich respektvoll und legte mich auf ihn, damit wir gemeinsam fünf Atemzüge machen konnten. Damit beendete ich mein Programm.

Dieses Konzept hatte für mich auch den Vorteil, dass ich mein Gegenüber praktisch zu jedem Zeitpunkt kontrollieren konnte. Der Freier nahm nicht mich, sondern ich gab ihm etwas. Meine Dienstleistung erfolgte in genau dem Ausmaß, in dem ich zu geben bereit war. Von diesem Zeitpunkt an konnte ich meine Kunden auch als Gäste sehen.

Mein ganzes Leben funktionierte nun wieder etwas besser, auch mein neues Verhältnis zu Mario. Selbst wenn ich nachts nicht nach Hause kam, war ihm das inzwischen egal. Wir hatten uns wortlos arrangiert. Einen Teil meiner Einnahmen investierte ich in eine gebrauchte zweite Nähmaschine, damit ich auch während meiner Wartezeiten in Wien arbeiten konnte.

Ich stellte sie in der kleinen Küche auf und nahm mir leichtere Schneiderarbeiten mit.

Kam ein Kunde, öffnete ich in einem langen Nadelstreifrock oder im Sommer in einem Etuikleid. Ich achtete darauf, dass nichts an mir nuttig aussah. Die meisten Kunden wunderten sich schon allein darüber, dass ich akzentfrei deutsch sprach. Einige reagierten irritiert, wenn ich sie nicht in billiger Lingerie oder mit gelackten Plateauschuhen erwartete. Aber so konnte ich vor mir selbst zu dem stehen, was ich tat. Ich hatte mir mein eigenes Programm erarbeitet und ich zog es auf meine Weise durch. Und ich hatte Erfolg damit.

Meine Arbeit sprach sich herum, und eines Tages kam ein merkwürdiger Deutscher zu mir, der danach noch monatelang in meinem Kopf herumspukte. Er sagte, dass er extra eingeflogen und vom Wiener Flughafen direkt zu mir gekommen sei. Er war ein hohes Tier bei einem deutschen Autokonzern und bezeichnete sich als Energetiker.

»Du bist also Sally«, sagte er.

Ich nickte.

»Warum hast du mich gerufen?«, fragte er.

»Ich habe dich nicht gerufen. Du hast mir eine E-Mail geschrieben«, antwortete ich erstaunt.

»Du hast mich zum Computer gerufen, deshalb bin ich da.«

»Aha«, sagte ich. »Und wie bitte kann ich dich rufen?«

»Ich habe deine Energie gespürt.«

Er erzählte mir, dass er heilerische Fähigkeiten habe. Wenn er einem Menschen die Hand auflege, spüre er, was diesem Menschen fehle. Er wäre in seine hohe berufliche Position gekommen, weil er Menschen einschätzen könne und wisse, wie er sie ansprechen müsse, und weil er die Kraft habe, sie zu lenken.

»Was sind deine Fähigkeiten?«, fragte er mich.

»Ich habe keine Fähigkeiten«, sagte ich. »Ich bin Liebeskünstlerin, und das bin ich eher notgedrungen.«

»Aber das ist doch eine wunderbare Fähigkeit. Ich spüre und sehe deine Kunst. Massiere mich bitte.«

Während der Massage, die keinerlei erotische Aspekte hatte, redete er mit mir. Ich sei eine Anfängerin, sagte er, ich müsse lernen, meine Gabe besser einzusetzen und meine Kräfte zu kontrollieren und zu lenken. Bei der Massage selbst wollte er sich ständig einmischen.

»Lass das«, sagte ich schließlich leicht genervt. »So kommt meine Massage nicht zur Entfaltung.«

»Entschuldigung«, sagte er. »Ich bin es gewöhnt, der gebende Teil zu sein. Dann eben zuerst du und dann ich.«

Er blieb über drei Stunden und wir massierten uns ohne intime Berührungen die ganze Zeit über gegenseitig. Er vermittelte mir ein Gefühl tiefen Vertrauens. Zum ersten Mal schlief ich in Gegenwart eines Kunden ein. Ich hätte niemals gedacht, dass mir das je passieren könnte.

Als ich erwachte, machte er mir ohne viele Worte noch einmal klar, dass das Besondere an meiner Arbeit nicht auf meiner Einbildung beruhte. Ich hätte eine Gabe und diese Gabe müsste ich nützen. Ich fühlte mich auf einmal wie eine Eingeweihte. Alles ergab mit einem Mal irgendwie Sinn. Die dreihundert Euro für die drei Stunden nahm ich hinterher trotzdem. Ich brauchte das Geld einfach.

PLANUNGSFEHLER

DIENSTAG, 16. MÄRZ 2010, 11:30 UHR. Ich hatte schon immer Probleme mit Zahlen, besonders wenn ich unter Zeitdruck stand. Das schlug sich manchmal leider auch in meiner Terminplanung nieder. Wenn jemand halb elf sagte und 10:30 Uhr meinte, notierte ich gerne 11:30 Uhr, weil ich offensichtlich nur die elf wahrnahm. Auf die Art passierte es eines Tages, dass zur gleichen Zeit zwei Herren – beide waren mir unbekannt – vor meiner Tür standen. Der eine sah aus wie Wladimir Putin. Er war klein und gedrungen und hatte den gleichen entschlossenen Gesichtsausdruck. Der zweite Kunde war der Typ gutmütiger Riese. Er trug starke Brillengläser und war etwas dicklich.

»Meine Herren«, sagte ich, nachdem ich sie der anderen Hausbewohner wegen beide ins Vorzimmer gebeten hatte. »Es tut mir schrecklich leid. Und ich habe größtes Verständnis, wenn Sie in dieser Situation lieber nach Hause gehen und nie mehr wiederkommen, aber ich kann nur einen nach dem anderen bedienen. Wenn Sie beide also bleiben wollen, würde sich die Frage stellen, wer von Ihnen eine Stunde warten könnte.«

Gespannt wartete ich auf Antwort. Ich finde das Konkurrenzverhalten zwischen Männern immer wieder amüsant. In dieser immer komplizierter werdenden Welt sind einfach durchschaubaren Dinge bisweilen angenehm. Und diese beiden Männer waren einfach durchschaubar.

Putins Double reckte sogleich das Kinn vor, plusterte den Oberkörper auf und drängte an mir vorbei, sobald ich den letzten Satz zu Ende gesprochen hatte.

»Der erste Termin gehört mir«, stieß er knurrend hervor und verschwand im Massagezimmer.

Zerknirscht sah ich den anderen an.

»Kein Problem«, winkte der ab. »Dann warte ich eben.«

Ich schickte den Sturkopf unter die Dusche und bearbeitete anschließend seinen harten, drahtigen Körper.

»Wissen Sie, ich bin nicht der Typ, der sich hinten anstellt«, knurrte er. »Ich bin ein Alphatier, und das ist auch nicht immer angenehm.«

»Das sieht man Ihnen gleich an«, sagte ich, nach meinem kleinen Fehler bemüht, seinem Ego zu schmeicheln.

»Wie konnte der Typ ernsthaft glauben, dass er als Erster dran sein könnte?«, brummte er weiter.

So weit ich das beurteilen konnte, hatte »der Typ« das zwar gar nicht geglaubt, trotzdem antwortete ich freundlich: »Sie haben sich ja gekonnt durchgesetzt.«

Leicht tat ich mir bei dem Mann allerdings nicht. Er war ziemlich verspannt und alles an ihm schien darauf ausgerichtet zu sein, in jeder Hinsicht möglichst rasch zu kommen. Als er ging, war es mir trotzdem gelungen, ihn glücklich zu machen.

Mit vielen weiteren Entschuldigungen bat ich nun den anderen Kunden herein. Er lachte mich aber nur freundlich an.

»Ich war eine Runde spazieren«, erklärte er beschwichtigend. »Man hat ohnedies viel zu selten die Muße dafür.«

Die Brille nahm er erst am Massagebett ab, weil er es vermutlich sonst nicht gefunden hätte.

»Ich muss keine Sträuße ausfechten«, sagte er dann. »Das kostet nur Energie und bringt am Ende nichts.«

»Der Klügere gibt nach«, sagte ich, während ich seinen weichen Körper behandelte.

»Der Kerl war kindisch.«

»Das sehe ich genauso.«

Er seufzte und genoss das gleiche Service wie sein Vorgänger. Der Orgasmus schien ihm nicht so wichtig zu sein, und als er meine Wohnung verließ, war auch er glücklich.

Während ich auf den nächsten Kunden wartete, fragte ich mich, was genau das Konkurrenzverhalten der Männer steuerte. Gene? Erziehung? Hormone? Oder ging es tatsächlich nur um die viel zitierte Länge ihres Pimmels? Nach all den Männern, die bei mir gewesen waren, konnte ich inzwischen beim Anblick eines Mannes in voller Montur sagen, wie groß sein Penis war. Wenn ich vaginalen Sex mit einem Kunden hatte und die Chemie zwischen uns nicht wirklich passte, war mir ein kleines Exemplar lieber. Wenn die Chemie aber stimmte, hatte ich nichts dagegen, den Mann zu spüren.

Tatsache war: Der Penis des selbsternannten Alphatiers und Putin-Verschnitts war viel größer gewesen als der des gutmütigen Kuschelbären.

9

FEBRUAR 2010. So wie erfahrene Freier eine käufliche Liebesdienerin vielleicht auf den ersten Blick erkennen, so schärfte sich mein Blick für Männer, die solche Dienste in Anspruch nehmen. Oder besser gesagt für jene, die es nicht tun, denn die sind offenbar deutlich in der Minderheit. Dabei nagte immer die Angst an mir, dass eines Tages ein Mann aus der anderen Hälfte meines Doppellebens bei mir aufkreuzen und mich erkennen könnte.

Karl war ein Kunde, den ich schon länger kannte. Er hatte eine Art Jour fixe für jeden Dienstagmittag gebucht. Stammkunden wie er machten das Leben einfacher und einige wurden mir mit der Zeit richtig sympathisch.

»Weißt du eigentlich, Sally«, sagte Karl eines Tages, als meine Hände in seiner Lendenbeuge ruhten, »dass wir uns von früher kennen?«

Ich zuckte zurück und überlegte fieberhaft. Karl war inzwischen fast schon ein Freund geworden, aber ich wusste nicht einmal, ob er wirklich Karl hieß, und Freundschaft war in meinem Metier natürlich sowieso relativ. Ich traute keinem Mann mehr. Mein eigener Mann und dessen bester Freund hatten mich schließlich in die Enge getrieben und erpresst, und sie taten es noch.

»Warum sagst du mir das erst jetzt?«, fragte ich alarmiert.

»Ich dachte, es wäre dir vielleicht unangenehm.«

Das klang aufrichtig. Angenehm war mir die Situation trotzdem nicht.

»Wir haben im gleichen Krankenhaus gearbeitet, erinnerst du dich nicht?«

Er redete über Stationen und Dienstpläne, und die Gesichter und Namen ehemaliger Kollegen zogen an meinem inneren Auge vorbei. Karl war nicht dabei.

»Es ist alles so lange her«, sagte ich leise.

»So lange auch wieder nicht«, antwortete er.

Ich wusste, was er meinte. Sein Leben war seit damals einfach dahingeplätschert, während ich durch die Hölle gehen musste.

»Ich würde nächstes Mal gerne meine Frau mitbringen«, sagte er unvermittelt.

»Was?«

»Ich möchte, dass sie von dir lernt.«

Unaufgefordert erzählte er mir alles über seine Ehe, seine Liebe zu seiner wunderschönen Frau Eva und seine Verzweiflung über das Abhandenkommen jeglicher Zärtlichkeit in ihrem gemeinsamen Leben. Mittlerweile bestünde ihre Intimität nur noch aus flüchtigen Küssen. Er sei am Ende, sagte er und seine Ehrlichkeit rührte mich. Dieser Mann liebte seine Frau wirklich. Die beiden fühlten sich immer noch zueinander hingezogen und für ihn stand fest, dass die Mutter seiner Kinder in jeder Hinsicht auch die Frau seines Lebens war. Ich fühlte mich geschmeichelt, dass er mir zutraute, ihnen zu helfen. Er machte mich zu dem, was ich gerne sein wollte, zu einer Frau, die anderen Liebe gab und die Leidenschaft in ihnen erweckte.

Wir verabredeten uns für den kommenden Dienstagnachmittag. Der übliche Jour fixe, nur diesmal mit Anhang. Karl zwinkerte mir verschwörerisch zu, als er mit der großen brünetten Frau im eleganten Nerzmantel meine Wohnung betrat. Eva trug eine Augenbinde aus schwarzer Spitze.

»Schatz, was wird das jetzt?«, kicherte sie. »Wo sind wir?«

Im Vorfeld hatte ich mit Karl alles besprochen. Ich sollte Eva verwöhnen und er wollte uns dabei zusehen. Ich war auch früher schon mit Frauen intim gewesen.

»Wir sind im Himmel, mein Schatz«, sagte Karl, nahm seiner Frau den Mantel ab und ließ ihre Augenbinde, wo sie war.

»Aha! Alles klar!«, lachte Eva nervös.

Sie warf den Kopf unsicher in den Nacken. Auch ich war etwas verwirrt. Karl legte an mich gewandt den Zeigefinger an den Mund. Ich sollte keinen Laut von mir geben.

Eva trug ein weinrotes enges Stretchkleid, das ihre runden festen Brüste und die vollen Hüften in Szene setzte. Ihr burschikoser Schopf bot einen reizvollen Kontrast dazu.

»Und, was soll ich jetzt tun?«, fragte sie in den Raum hinein.

»Lass dich einfach überraschen!«

Mit diesen Worten verschwand Karl in der Dusche. Ich fand schnell meine Fassung wieder, nahm sie an der Hand und führte sie zur Liege. Da sie mich nicht sehen konnte, musterte ich sie ungeniert. Mein Blick blieb an ihrer hübsch geschwungenen Taille hängen und ich legte meine Hand auf die schmalste Stelle. Sanft drehte ich sie um, um den Reißverschluss ihres Kleides zu öffnen. Sie zuckte kurz, ließ es aber dann geschehen. Das Kleid fiel zu Boden und sie stand in schwarzer Seidenwäsche vor mir. Ich konnte ihre Unsicherheit spüren. Ihre Aufregung auch. Behutsam drückte ich sie an den Schultern nieder. Sie spielte mit und legte sich mit den Händen tastend auf das Massagebett.

Es war unzweifellos der Reiz des Neuen gewesen, der sie bewogen hatte, der Einladung ihres Mannes zu folgen. Ich wusste nicht, wie viel er ihr verraten hatte. Ihre Haut duftete wie teures orientalisches Parfum, und wir brauchten keine Worte, um uns zu verstehen.

Die Yoni-Massage ist das weibliche Pendant zur Lingam-Massage. Als ich begann, ihren Po und die Innenseiten ihrer Schenkel zu streicheln, wand sie sich unter meinen Händen und stöhnte. Karl kam zurück und verfolgte mein Tun sichtlich erregt. Eva wurde aktiv und spiegelte jede meiner Berührungen, indem auch sie meinen Körper erforschte. Als sie meine Brüste fühlte, hielt sie für einen Moment in der Bewegung inne. Ich nahm ihr die Augenbinde ab.

»Hallo, ich bin Sally.«

Sie ließ ihre Nägel über meine Brustwarzen gleiten.

»Wow!«

Sie lächelte unsicher und verführerisch. Ihre Augen verfolgten bis zuletzt jede meiner Bewegungen, ihre Hände imitierten sie. Eva war mutig, laut und explosiv.

Als die beiden meine Wohnung verließen, legte sie heimlich einen Zehner auf die hundertsechzig Euro, die Karl auf der Fensterbank deponiert hatte.

Karl und Eva kamen noch viele Male zu mir und blieben auch nicht das einzige Ehepaar, dessen Liebesglut ich neu erwecken sollte. Einmal rief mich sogar eine Frau, Maria, an. Sie bat mich als Geburtstagsgeschenk für ihren Ehemann zu fungieren.

»Xaver hatte eine Prostataoperation«, erklärte sie mir. »Er braucht jetzt jemanden, der extrem sensibel ist, denn seit dem Eingriff befindet sich auf seinem Hoden ein Schmerzpunkt, den er nie mehr verlieren wird.«

Ich willigte ein und kurz darauf befand sich ein Mann mit Augenbinde auf meiner Liege.

»Eine falsche Bewegung und mein Ständer fällt zusammen«, erklärte Xaver und deutete blindlings in Richtung seines linken Hoden.

Ich zeigte seiner Frau, wie man ihn verwöhnen konnte, ohne die Stelle zu berühren. Zwar konnte er bis zuletzt nicht kommen, behielt aber durchgehend eine Erektion. Immer wenn Maria die von mir gezeigte Streicheleinheit ausführte, entspannten sich Xavers Gesichtszüge. Obwohl er nicht sehen konnte, wer von uns beiden ihn massierte, schienen ihm Marias Berührungen vertrauter und sicherer. Irgendwie fühlte ich mich plötzlich wie ein Eindringling. Ich war die Fremde in diesem intimen Spiel.

Dritter Teil

1

APRIL 2010. Mario lebte inzwischen offiziell von meinem Geld. Jeder wusste, dass ich die Alleinverdienerin war. Wie sollte ich meinem Sohn das je erklären? Was für ein Vorbild sah er in einem Vater, der sich von seiner Ehefrau aushalten ließ? Was wurde aus einem Jungen, dem ein echtes männliches Vorbild fehlte? Der Druck, mein Leben zu ändern, wuchs. Ich fuhr immer öfter nach Wien. Die Demütigung lag nicht mehr so sehr in meinem Nebenjob, dem Geschäft mit der käuflichen Liebe. Jeder einzelne Tag, den ich als Schein-Ehefrau in den Ruinen meiner Ehe verbringen musste, war eine Erniedrigung. Doch Mario war auf das Wort »Scheidung« allergisch. Wenn ich darauf zu sprechen kam, konterte er mit Vorwürfen. Dass ich mich hinter seinem Rücken Männern für Geld angeboten hatte, schien ihn dabei weniger zu kränken als meine Affäre mit Linnerth. Von keinem Mann fühlte ich mich so sehr wie eine Hure behandelt wie von Mario.

Das Problem war die Liebe. Sie machte Schwierigkeiten und sie machte schwach. Sie war die reinste Katastrophe. Ich schwor mir, mich nie wieder zu verlieben, auch nicht, wenn ich mein Leben wieder in Ordnung gebracht haben würde. Ich würde nie wieder einem Mann gestatten, mir und meinen Kindern zu nahe zu kommen. Ich würde den Kopf hoch tragen und meinen Weg gehen, ohne nach links oder rechts zu schauen.

Besonders schmerzhaft fühlte es sich im Frühling an, dessen erste Boten ich an einem Dienstag entdeckte, an dem ich mich noch ausgelaugter und überarbeiteter fühlte als sonst. Die

Forsythien zeigten ihren ersten gelben Schimmer, die Sonne schien und die Menschen waren freundlicher. Der Schneeberg, die höchste Erhebung bei uns in der Gegend, thronte majestätisch im Hintergrund, als ich die Autobahnauffahrt nahm. Die Sicht war klar und der Himmel strahlte hellblau. Das Leben könnte schön sein, dachte ich. Ich musste an unsere Familienausflüge denken, die wir unternommen hatten, als ich noch klein war. Im April durfte ich meistens schon einen Rock tragen. Vorausgesetzt das Thermometer am Küchenfenster zeigte mindestens achtzehn Grad. Jeden Morgen sah ich noch im Schlafanzug nach, ob es schon so weit war. Meine Mutter hatte einen Rock mit buntem Blumenmuster für mich genäht. Von welcher Zukunft hatte ich damals eigentlich geträumt? Ich konzentrierte mich darauf, nicht zu weinen. Ich hatte gerade mit viel Aufwand mein Make-up perfektioniert. Ich wollte es nicht ruinieren.

An diesem Nachmittag hatte ich drei Kunden. Der letzte hatte sich für siebzehn Uhr angemeldet und läutete pünktlich an meiner Tür. Danach würde ich heimfahren, wo der andere Teil meiner Arbeit wartete. Denn die Arbeit ging mir nie aus. Sie war mir treu. Das hatte auch etwas Beruhigendes.

In seiner E-Mail hatte sich mein Siebzehn-Uhr-Termin als Thomas vorgestellt und ganz nett gewirkt. Obwohl er zum ersten Mal kam, drückte ich deshalb ohne vorherigen Blick nach unten auf den Türöffner und lehnte die Wohnungstür nur an. Seit einem halben Jahr machte ich das nun schon so. Unglaublich, wie schnell die Zeit verging. Das war bei meinem Tagespensum aber eigentlich kein Wunder.

Ein jüngerer Mann mit mittellangen schwarz gekräuselten Haaren betrat in legeren Turnschuhen die Wohnung. Er wirkte auf mich fast ein wenig wie ein verwirrter Student. Um seinen Oberkörper mit den hängenden Schultern schlabberte lose eine viel zu weite Jacke. Sein Gesicht war blass und seine ganze Gestalt seltsam farblos. Mit eingezogenem Nacken stand das zierliche Männchen vor mir und wagte nicht, mich anzusehen oder weiterzugehen. Stattdessen fixierte er mit einem ängstlichen Lächeln die Tür zum Massagezimmer.

Ich räusperte mich. Wie genau sollte ich bei diesem armen Kerl vorgehen? Besser nichts überstürzen.

»Willst du duschen?«

Ohne eine Antwort abzuwarten, kramte ich im zweckentfremdeten Küchenschrank zwischen Bettlaken und einem Vibrator ein Handtuch hervor. Er nahm es artig. Beinahe hätte ich ihm einen Klaps auf den Hintern gegeben, doch er setzte sich auch so in Bewegung. Als er im Badezimmer verschwand, hatte er seine Schuhe noch an. Obwohl mir der Mann mehr als seltsam vorkam, rührte er mich.

Mit seinen Klamotten unter dem Arm erschien er splitterfasernackt und frisch geduscht im Massageraum. Wortlos warf er die Kleider neben den stummen Diener, den ich für die Garderobe der Herren aufgestellt hatte.

»Thomas, nicht wahr?«

Er nickte.

Seine Brusthaare kräuselten sich dicht und dunkel. Die Haut darunter war fast durchscheinend weiß. An seinen Unterarmen traten zarte Adern hervor. Er hat etwas Jungenhaftes.

»Bitte hier.«

Mit der Hand deutete ich auf das Massagebett. Öl und Kerzen standen bereit. Wieder gehorchte er wortlos. Er wirkte dabei unbeholfen. Ich machte mich darauf gefasst, dass er gleich nach meiner ersten Berührung verstört das Weite suchen würde.

»Mach es dir in Bauchlage bequem«, sagte ich vorsichtig.

Als ich mich auszog, hob er den Kopf und sah mir mit ernstem Blick zu. Mit seinen Augen verfolgte er jede einzelne meiner Bewegungen. Er fixierte mich so, wie mich Bobby fixierte, wenn ich ein Stück Wurst in der Hand hatte. Zum ersten Mal fiel mir das Braun seiner Augen auf. Es war intensiv, fast hell lodernd wie frisches Herbstlaub. In BH und String blieb ich vor ihm stehen. Auch meine Seidenstrümpfe hatte ich wie immer anbehalten.

Ich tropfte angewärmtes duftendes Öl auf seinen Rücken. Zwischen seinen Beinen kniend konzentrierte ich mich darauf, seine Pobacken einzureiben. Unvermittelt begann er zu stöhnen, obwohl ich gerade erst mit der Massage angefangen hatte. Nachdem er bisher kein Wort gesagt hatte, kannte ich seine Stimme noch nicht. Weder in der Tonlage noch in der Lautstärke passten diese Laute zu meinem ersten Eindruck von dem Mann. In unerwartet tiefem Bass stöhnte er eigentlich nicht, sondern er brummte und grunzte so laut, dass ich instinktiv den Druck auf seine Haut reduzierte. Vermutlich gibt ihm das einen besonderen Kick, dachte ich leicht beunruhigt, aber durchaus auch beeindruckt. Vorsichtig machte ich weiter.

Mit meinen langen roten Fingernägeln strich ich langsam seine Pofalte entlang und über seinen Anus bis zu den Hoden. Dort spielte ich mit dem Druck und mit der Weichheit der Haut, um die sensiblen Zonen dann seitlich über die inneren Oberschenkel wieder zu verlassen. Meine Kunden genossen normalerweise jede dieser Berührungen still. Doch Thomas warf sich unkontrolliert hin und her. Die Ölflasche fiel vom Tisch und die Flüssigkeit breitete sich träge am Boden aus. Der intensive Duft von Jasmin erfüllte den Raum.

»Sachte, sachte!«

Ich musste aufpassen, dass meine Fingernägel seine zarte Haut am Damm nicht verletzten.

Ächzend bäumte er sich auf, um sich gleich darauf mit einem dumpfen Knall wieder auf den Bauch fallen zu lassen. Seine Bewegungen waren fast unheimlich in ihrer Impulsivität. Irritiert suchte ich in meiner Erinnerung nach dem nächsten Programmpunkt. Ich brauchte im Grunde nur meiner einstudierten Choreografie zu folgen. Ich beherrschte sie im Schlaf, aber ich musste mich dabei konzentrieren können. Ich wendete mich wieder seinem Hinterteil zu. Sanft drückte ich seinen Po nach unten und konnte förmlich spüren, wie er sich bemühte, so still wie möglich zu bleiben. Ich gelangte bis zu seinen Kniekehlen. Mein Plan sah als Nächstes vor, dass ich die Energiebahnen mit den Nagelspitzen animierte und nach oben zu den Hoden hin ausstrich. Das verlangte zweifellos einige Körperbeherrschung von meinen Kunden. Für diesen Mann war es jedenfalls zu viel. Er wälzte sich wie ein Verrückter unter mir, streckte mir sein Hinterteil entgegen und brüllte dabei wie ein Löwe.

»Uuuaaah! Jaaaa!«

Der Typ war offenbar wahnsinnig.

Egal, dachte ich, ich mache meinen Job einfach weiter. Dann eben ohne Fingernägel, wenn er es nicht aushält. Das Gestöhne wurde trotzdem immer wilder. Ich machte mir Sorgen wegen der Nachbarn. Ich dachte an Snejana. Sie war großzügig, hatte sich aber schon mehrmals kein Blatt vor den Mund genommen, wenn es bei mir zu laut gewesen war.

»Schhhh!«, zischte ich.

Thomas warf sich ganz plötzlich auf den Rücken. Zum ersten Mal traf mich sein Blick direkt. Er wirkte fiebrig.

»Uuuhaaaaaa! Jaaaaaaa! Mmmmh!«

Ich konnte nur hoffen, dass Snejana nicht daheim war. Denn Thomas konnte keinen Atemzug ohne begleitenden Ton ausführen, egal ob er die Luft einsog oder ausblies. Er tat es hemmungslos, triebhaft und ohne jede Kontrolle. Sein schlanker Körper wand sich wie von einer inneren Kraft gepeitscht. Er ließ sich vollkommen gehen. Was sich vor meinen Augen abspielte, war archaisch. Seine Laute wurden immer mehr zu denen eines wilden Tieres. Bereitwillig hatte er es aus seinem Käfig gelassen, und ich war nicht in der Lage, es einzufangen.

»Ahiii!«

Meine Ohren dröhnten und der Duft von Jasmin hatte sich durch die Nasenhöhlen bis in mein Hirn vorgearbeitet. Dort tat er fast schon weh. Thomas schwitzte und wälzte sich unter meinem Körper. Ich strich mit den Brüsten über seinen Bauch hinauf bis zu seinem Hals. Sein Atem strömte mir wie ein heißer Schwall entgegen. Gierig inhalierte er meine Zärtlichkeit. Das irre Funkeln in seinen Augen ließ ihn noch wilder aussehen. Aus dem unschuldigen Häufchen Elend, das eben noch in meinem Vorzimmer gestanden war, war ein heißblütiger Mann geworden.

Das dramatische Keuchen wurde schriller und eskalierte wie in einer absurden Oper. Sein Körper bebte, als schlügen tief in seinem Innern tausende Urwaldtrommeln. Ich konnte dieses Phänomen immer weniger kontrollieren. Es beherrschte den Raum, so bezwingend wie der Jasminduft, der sich über alles gelegt hatte. Irgendetwas schien sich hier zu verselbständigen.

Ich schloss die Augen, während ich ihn weiter bearbeitete. Er leckte über meine Lippen und öffnete sie mit den seinen. Wir küssten uns. Ich spürte seine Zähne an meine stoßen, suchte seine Zunge. Die ungestüme Vehemenz seiner Gegenwart begegnete mir wie eine Naturgewalt. Mein Mund wurde ganz weich. Mein Herz raste und versuchte, sich in Sicherheit zu bringen, aber mein Körper ergab sich diesem Mann. Ich stimmte in seinen irren Gesang ein und vergaß alles um mich herum. Doch ein Rest Vernunft war mir noch geblieben. Schluss damit, dachte ich. Sofort Schluss damit. Thomas versuchte gerade, mich ohne Gummi zu ficken. Und ich kannte ihn überhaupt nicht. Ich wollte ihn von mir herunterstoßen, aber er packte mich an den Haaren und zog meinen Kopf in den Nacken, während er in mich eindrang. Er tat es kraftvoll, bestimmt und doch behutsam. Keinen Laut gab er dabei von sich. Plötzlich war alles still um uns. Er sah mich an, als ich vor ihm kam.

»Heirate mich«, sagte er.

Wir waren der Realität entrückt. Ich hatte mit diesem Fremden geschlafen, ungeschützt und bar jeder Vernunft. Ich hätte mir dabei den Tod holen können, ich hatte das gewusste, aber in diesem ekstatischen Zustand war es mir vollkommen gleichgültig gewesen. Auch danach spielte nichts eine Rolle. Wir waren nicht mehr länger eine Hure und ihr Freier. Das hier war etwas anderes und es war mehr als nur ein sexueller Rausch.

»Was hast du eben gesagt?«

Das Blut pulsierte zwischen meinen Beinen, mein Körper zuckte, meine Haut spannte sich, meine Seele glühte und mein Herz schlug einen Salto.

2

APRIL 2010. Ich strahlte. Meine Haut fühlte sich weich an. Ich glaubte ihm nicht, dass er Arzt war, aber das spielte keine Rolle. Die Ärzte, die ich in meiner Zeit im Krankenhaus kennengelernt hatte, waren genau das Gegenteil von ihm gewesen. Sie hatten alle eine gewisse Souveränität und Ruhe an den Tag gelegt. Im Falle von Thomas fand ich es sogar sympathisch, dass er sich interessant machen wollte.

»Als Arzt arbeitest du also. Aha.«

Ich sah Thomas beim Ankleiden zu. Er richtete sich tollpatschig die Haare. Die sportlichen, bemüht jugendlichen Sachen hätten auch seinem Freund aus der WG gehören können, so ganz passten sie ihm jedenfalls nicht. Unser Gespräch war jetzt betont förmlich.

»Ja, genau«, sagte er. »Ist ja nicht weit von hier.«

Mit dem Kopf deutete er in Richtung des Krankenhauses, das in der Nähe lag.

»Ich komme bald wieder.«

Er lächelte schüchtern. Seine Stimme klang sanft. Der Löwe war wieder in seinem Käfig.

Sex ohne Kondom war eindeutig gegen die Regeln gewesen. Wenn Thomas Arzt war, dann war ich Mutter Theresa. Welcher Arzt hätte sich freiwillig auf so einen Leichtsinn eingelassen? Vermutlich war er nicht einmal Krankenpfleger. Auch dann hätte er die Folgen von ungeschütztem Verkehr gut genug kennen müssen, um sich im Griff zu haben.

Ich jedenfalls war mir der Gefahr durchaus bewusst. Was war bloß in mich gefahren? Wenn ich mich infiziert hatte, was wurde dann aus meinen Kindern? Ich war verdammt verantwortungslos und unprofessionell gewesen. Rasch zog ich mich wieder an und wich dabei seinem Blick aus. Auf einmal schämte ich mich. Und was sollte das mit dem Heiraten? Heilige Worte aus dem Mund dieses angeblichen Herrn Doktor.

Mein Schädel fühlte sich an, als wäre er mit einer trägen Flüssigkeit gefüllt. Aber obwohl ich meinen klaren Kopf verloren hatte, war ich dennoch ganz bei mir. Es durfte eigentlich nicht sein, aber zum ersten Mal seit Langem fühlte ich mich einfach nur wohl.

»Ich würde wirklich gerne wiederkommen, wenn das für dich in Ordnung ist«, sagte Thomas sanft.

Verwirrt sah ich auf die Uhr statt in den Kalender.

»Geht es gleich morgen?«, fragte er.

Zwei Stunden war er heute hier gewesen. Dreihundert Euro. Der Gedanke an das Geld erdete mich wieder. Ich schaltete mein Hirn auf Job-Modus und gab Thomas einen Termin.

»Okay, morgen fünfzehn Uhr«, bestätigte er.

Das Geld lag auf der Kommode. Na also, er kannte sich offenbar aus. Dreihundert Euro, ein wirklich hübsches Sümmchen. Vielleicht war er Bettenfahrer im Krankenhaus und hatte gerade sein Urlaubsgeld bekommen. Das war im April beim städtischen Personal durchaus möglich. Ich wusste das von anderen Kunden, die auch solche Details erwähnten, wenn sie mit ihren tollen Jobs, Autos, Häusern und manchmal sogar mit ihren Frauen prahlten.

Auch Thomas hatte geprahlt, indem er sich als Arzt ausgegeben hatte, aber so waren Männer nun einmal. Für meine Kunden war ich ein paar Stunden lang ein magischer Spiegel, in dem sie sich bewundern und begaffen konnten. Aber was immer das alles bedeutete, das Geld von Thomas würde das Leben von Anke und Georg verbessern. Für Anke fielen gerade einige zusätzliche Kosten an. Sie brauchte Kontaktlinsen.

»Na dann, bis bald.«

Meine Aufregung wunderte mich selbst. Meine Stimme hörte sich lächerlich an. Mädchenhaft dünn. Sie zitterte.

»Bis morgen«, sagte er.

Dann verließ er die Wohnung. Ich inhalierte den Jasminduft und wechselte die Laken. Dann griff ich zum Handy. Heute würde ich keinen weiteren Termin schaffen. Es war das erste Mal, dass ich einem Kunden absagte.

WAHRE LIEBE

DIENSTAG, 13. APRIL 2010, 14:00 UHR. Er war einer von diesen Typen, die immer aalglatt rasiert sind, nach aprilfrischem Duschgel duften und trotzdem immer ein bisschen schmuddelig wirken. Das mit dem Rasieren hatte ihm vermutlich seine Frau beigebracht. Denn wer unrasiert ist, kratzt nun einmal.

Nackt legte er sich auf mein Massagebett, und während ich Hand anlegte, fing er zu erzählen an.

»Wir haben gerade ein Kind bekommen«, sagte er. »Meine Frau und ich.«

»Ich gratuliere. Schön für euch.«

Ich öffnete die Ölflasche und ließ die gelbe Flüssigkeit auf seinen Rücken tropfen.

»Sie will schon eine ganze Weile keinen Sex mehr«, gestand er. »Ich bin schon ganz verrückt geworden. Verstehst du das?«

»Klar«, sagte ich.

Beinahe hätte ich ihm erzählt, dass ich auch zwei Kinder hatte und wie es Mario und mir vor und nach den Geburten gegangen war.

»Sie hatte immer Blutungen und so«, redete er weiter auf mich ein, während ich das Öl auf seinem Körper verteilte. »Es war eine schwierige Schwangerschaft.«

»Nun ist sie ja überstanden.«

Als Nächstes würde bestimmt das Thema Junge oder Mädchen kommen. Ich fuhr seine inneren Oberschenkel entlang nach oben und schob die Hände unter seinen Penis, der bereits hart wurde. Ich hoffte, dass ihn das verstummen lassen würde, damit er sich auf meine Massage einlassen konnte. Stattdessen verkrampfte er sich immer mehr. Ich zog die Hände zurück und kümmerte mich um seinen etwas schwammigen Hintern. Auch den ließ er nicht locker.

»Was ist los?«, fragte ich.

»Weißt du, Sally, ich war bei der Geburt dabei«, brach es aus ihm heraus. »Ich habe alles gesehen. Wir haben das gemeinsam durchgestanden.«

Er stützte sich auf seine Ellenbogen und sah mich an.

»Und jetzt musst du immer daran denken?«

Ich finde es ja nett von Männern, wenn sie ihren Frauen in dieser Situation zur Seite stehen, eine gute Idee ist es trotzdem nicht unbedingt. Vielen wird übel bei dem Anblick von Blut, andere sind hinterher traumatisiert. Für mich ist eine Geburt jedenfalls Frauensache.

»Das ist es nicht«, sagte er, wandte sich ab und drehte sich wieder auf den Bauch. »Nur liegt sie jetzt im Wochenbett, und ich bin hier bei dir, weil ich einen Druck verspüre und sie im Moment nicht kann.«

Er starrte die Wand an.

»Das ist doch unfair, findest du nicht?«

Der Mann hatte natürlich recht, bloß war er nicht besonders konsequent. Wenn er es wirklich so unfair fand, hätte er eben nicht kommen dürfen. Jetzt, da er seine hundert Euro schon bezahlt hatte und nackt samt einer unübersehbaren Erektion unter meinen Händen lag, würde er seine Pläne kaum noch ändern.

»Das kannst nur du entscheiden«, sagte ich.

Ich unterbrach meine Massage und ließ die Hände auf seinen Hüften liegen. Ich wollte ihm Spielraum für klare Gedanken geben. Die hundert Euro würde er ja wohl auch in dem unwahrscheinlichen Fall, dass er die Massage tatsächlich abbrach, nicht zurückhaben wollen.

»Was denkst du?«, fragte ich.

»Ich denke, dass ich das eigentlich nicht machen sollte«, sagte er. »Ehrlich.«

Ich ließ meine Hände hinauf zu seinem Nacken wandern.

»Was schlägst du vor?«, erkundigte ich mich.

»Du massierst mich weiter, aber wir machen nichts Sexuelles.«

»Einverstanden«, sagte ich und nahm stark an, dass er bald doch noch schwach werden würde.

Aber nach einer Stunde ausgiebiger klassischer Massage, stand der Mann friedlich auf.

»Du kannst stolz auf dich sein«, sagte ich, ernsthaft erstaunt über ihn. »Wenn ich könnte, würde ich deiner Frau erzählen, was für ein Glück sie mit dir hat.«

Er nahm meine Hand und drückte sie fest.

»Danke, Sally. Ich hätte nie gedacht, so etwas von einer Frau wie dir zu hören.«

Er ging mit stolzgeschwellter Brust und kam nie wieder.

3

APRIL 2010. Die meisten meiner Kunden kamen allerdings immer wieder und einige schickten auch ihre Kumpels zu mir. Es war auch schon mehrmals passiert, dass mir einer der Männer einen Heiratsantrag gemacht hatte. Auf die Idee, einen dieser Anträge anzunehmen, wäre ich aber im Traum nicht gekommen. Liebe, die reine Hingabe erfordert, ist in meinem Metier verboten. Ich glaubte nicht an »Pretty Woman«, obwohl mir der Film gut gefallen hatte.

Einige meiner Kunden dachten, dass mir Sex mit ihnen ungeheuren Spaß machte, manche meinten sogar, mich deshalb nicht bezahlen zu müssen. Tatsächlich machte ich einen Unterschied zwischen Liebe und Nächstenliebe. Liebe war auch für mich beruflich tabu. Ich hatte aber gelernt, das Geben von Sex als eine wohltätige Sache zu betrachten. Da ich ja auch etwas dafür bekam, Geld nämlich, glich sich die Sache auf einem bestimmten Energieniveau auch wieder aus.

Mein Handy vibrierte. Eine neue Nachricht.

»Noch etwas: Danke!«

Thomas. Ich hatte seine Nummer nicht gespeichert, aber es war klar, von wem die Nachricht kam. Nachdem wir nur über E-Mail kommuniziert hatten, musste er sich meine Nummer extra aus dem Internet geholt haben. Unsinn, wies ich mich in Gedanken zurecht. Die hatte er sich vermutlich schon vorher besorgt, und zwar aus rein organisatorischen Gründen. Er wollte mich erreichen können, falls ihm etwas dazwischen gekommen wäre. Rasch schaltete ich das Handy ab.

Liebe war für mich auch privat tabu. Mario hatte mich gelehrt, was es hieß, mit allem zu brechen, was ich vor Gott gelobt hatte. Er hatte mir gezeigt, wie viel Einsamkeit zwischen zwei Menschen Platz hatte. Bis dahin hatte ich daran geglaubt, dass ein Weg, den man zu zweit geht, nur halb so weit ist. Jetzt fühlten sich meine Füße nur bei dem Gedanken, wieder zu zweit gehen zu müssen, wie Blei an. Zwischen mir und meinem Mieder war kein Spielraum für große Gefühle. Diese Art der Liebe betäubt den Verstand und bedeutet Kontrollverlust. Thomas war gefährlich. Ich musste mich vorsehen. Er konnte mein Untergang sein.

DIENSTAG, 24. NOVEMBER 2009, 15:15 UHR. Ich hatte nur wenige E-Mails mit Gernot gewechselt. Ich sollte ihm schriftlich mein gesamtes Repertoire auflisten. Ich antwortete höflich, dass ich eine Kombination aus Tantra- und Thai-Body-Massage anbieten würde, die sinnlich, spirituell und erotisierend sei. Diese Massage würde ich im erotischen Bereich mit Techniken der Lingam-Massage oder oral ergänzen und je nach Chemie auch mit mehr. Meine Preisliste schickte ich ihm auch.

Zur Begrüßung nickte er kurz, wobei er nervös auf seinen Nägeln kaute. Mir waren gepflegte Hände wichtig und mich ekelte ein wenig vor seinen Wurstfingern mit den runden Fingerkuppen und den ausgefransten dreckigen Nagelrändern. Solche Details entgingen mir nie. Außerdem war Gernot, der etwa vierzig sein musste, auch noch ausgesprochen hässlich. Auf seinem kugelrunden Schädel gab es nur noch vereinzelte Härchen und ein Fitnesscenter hatte er garantiert noch nie von innen gesehen. Ich schüttelte mein Haar zurück und setzte ein Lächeln auf. Zu verwachsen, zu klein oder zu alt war mir niemals jemand. Schon oft genug hatte ich erlebt, was für ein herzliches und offenes Wesen in einem unperfekten Körper stecken konnte. Ich hatte es, auf ihm sitzend, eben geschafft, die vielen roten Flecken auf seiner Haut und die vielen Alterswarzen zu ignorieren, als er sich unter mir regte.

»Du, Sally, ich habe dir nicht die ganze Wahrheit gesagt.«

Unwillkürlich hielt ich inne. Wenn Kinder so anfangen, haben sie meistens eine Scheibe kaputt geschlagen oder ein Handy versenkt. Wenn ein Kunde so anfing, hieß es meistens, dass er etwas wollte, das durchschnittliche Ehefrauen ablehnen.

Analverkehr, Sadomaso, Golden Shower und wie die Spielchen so alle heißen.

Er bemerkte mein Unbehagen.

»Es ist nicht schlimm«, beruhigte er mich. »Ich möchte einfach nur, dass du mich fistest.«

»Aha.«

Ich schluckte. Beim besten Willen hatte ich mir noch nie vorstellen können, dass irgendjemand so etwas mochte.

»Bist du ganz sicher, dass du das wirklich willst?«, fragte ich also vorsichtig. Demonstrativ ballte ich meine Hand zur Faust. »Willst du die wirklich in deinem Hintern haben?«

Er lachte nur.

»Weißt du Schätzchen, ich hatte bereits zwei Männerfäuste gleichzeitig da hinten drin. Dein zartes Samtpfötchen werde ich kaum spüren.«

Mein Blick fiel auf seine hundertdreißig Euro auf dem Fensterbrett.

»Wenn ich es nicht schaffe, breche ich ab«, sagte ich.

Er war einverstanden.

Während ich mir die Gummihandschuhe überstreifte, holte er ein kleines Fläschchen aus seiner Jackentasche. »Poppers« stand am Etikett. Er träufelte sich die Flüssigkeit in die Nase.

»Was ist das?«, herrschte ich ihn an. Denn mit Drogen wollte ich nichts zu tun haben.

Er erklärte sofort beschwichtigend, dass das Zeug ganz harmlos sei. Er habe es aus einem Sexshop und würde es häufig benutzen.

»Es entspannt einfach, verstehst du?«

So weit ich ihn verstand, hoben die Tropfen die Wirkung des Schließmuskels für kurze Zeit auf.

»Dann geht alles ganz einfach.«

Gernot grinste, zog einmal die Nase hoch, legte sich mit gespreizten Beinen vor mich auf den Rücken, sodass ich seine behaarte dunkelbraune Rosette sehen konnte.

»Nur zu, Baby«, sagte er. »Trau dich.«

Vorsichtig versuchte ich, seinen Anus mit einem Finger zu öffnen. Er verzog keine Miene. Aus meiner Krankenhauszeit kannte ich solche Eingriffe von Einläufen und Rektaluntersuchungen. Wenn ich meine Patienten darauf vorbereitet hatte, war ich ähnlich sachte vorgegangen. Sie hatten immer nüchtern erscheinen müssen und davor drei Tage lang nur Flüssigkeit zu sich nehmen dürfen, damit der Enddarm garantiert sauber war. Zusätzlich reinigte ich ihn dann noch mit einer Klistierspritze. Ekel überkam mich bei dem Gedanken, dass Gernot am Vorabend ein ausgiebiges Essen genossen haben könnte.

Sein Körper zeigte keinerlei Reflex, als meine Hand in ihn eindrang. Er stöhnte auf, als sie problemlos in die Tiefen seiner Gedärme glitt. Es fühlte sich an wie in einem riesigen Luftballon. In seinem Inneren konnte ich die Finger bewegen, es gab keinen Widerstand. Mein Arm schien sich in einem Vakuum zu befinden. Hoffentlich überlebt er das, dachte ich die ganze Zeit über. Obwohl es ihm augenscheinlich gefiel, fürchtete ich, ihn mit meinen Fingernägeln zu verletzen.

»Weiter so!«, drängte er.

Er war so erregt, dass er ohne Stimulation seines Penis kam.

Nachdem er aus der Dusche gekommen war, konnte ich mir die Frage nicht verkneifen, ob er jetzt noch Auto fahren könne. Er winkte ab, bat um ein Glas Wasser und verschwand so schnell aus meinem Leben, wie er gekommen war.

4

APRIL 2010. Der Mensch ist unverbesserlich. Ich tat alles, um mich nicht wie eine Vierzehnjährige zu freuen und war trotzdem ganz außer mir. Heute würde ich Thomas wiedersehen. Es half nicht einmal, dass ich mir alle möglichen Horrorszenarien ausmalte. Stattdessen hatte ich mir sogar neue Schuhe gekauft, hohe, die meine weiblichen Rundungen betonten. Sie sahen nicht nur sexy aus, ich fühlte mich darin auch so. Mit ihnen und meinem selbst geschneiderten Etuikleid fühlte ich mich wie die geballte weibliche Urkraft.

Gedankenverloren drehte ich mich vor dem Spiegel. Ich schwebte, bewegte meine Hüften und modellierte mit den Händen meine Kurven nach. Meine langen blonden frisch gewaschenen Haare fielen über meine nackten Schultern. Etuikleider sind meine Lieblingsoutfits. Sie stehen jeder Frau. Alle Frauen sollten Etuikleider tragen. Ich hätte nicht mehr sagen können, wie viele ich in meinem Leben schon angefertigt hatte. Heute trug ich ein nagelneues in Rot. Als Thomas läutete, zog ich gerade meine Lippen nach.

Er hatte Räucherstäbchen dabei, zwei blaue Päckchen mit exotischer roter Schrift. Nag Champa, made in India. Er sagte kein Wort, als er die Tür leise hinter sich schloss. Innerlich explodierte ich fast, während ich ihm mechanisch ein Handtuch reichte. Schweigend blickten wir uns an. Mit dem Handtuch in der Hand kam er einen Schritt auf mich zu und ließ es demonstrativ vor meinen Füßen auf den Boden fallen. Sein fiebriger Blick war ansteckend. Schon wieder hatte ich das Gefühl, von einer unsichtbaren Kraft bezwungen zu werden. Kontrollverlust und Ohnmacht. Das war, wovor ich am meisten Angst hatte, und in Thomas' Gegenwart konnte ich nichts dagegen tun. Nervös zupfte ich an meinem Kleid. Der schüchterne Student, Bettenfahrer, oder was immer ich in ihm gesehen hatte, existierte nicht mehr.

Das Massagebett wartete auf seinen Einsatz, doch ich hatte meinen Text vergessen. Ich war nun wirklich schon oft genug in dieser Situation gewesen, aber trotzdem stand ich wie versteinert da. Als ich ihn leise bat, sich doch auf den Bauch zu legen, wollte ich mich in erster Linie selbst zur Routine zwingen. Noch einen Moment lang versuchte ich, Haltung zu bewahren. Öl lief durch meine Hände auf seine Haut. Thomas öffnete den Käfig erneut. Das Tier begann zu brüllen.

Diesmal legten wir zwischen den Ausflügen in die gefährlichen Tiefen des Urwaldes Pausen ein. Thomas nutzte sie, um mich besser kennenzulernen. Plötzlich konnte er sprechen, aber ich ließ ihn kaum zu Wort kommen. Wie ein Wasserfall redete ich auf diesen Fremden ein. Gleich zu Beginn machte ich ihm klar, dass ich beschlossen hatte, mich niemals wieder zu verlieben. Ich erzählte ihm von meinem Haus, meinen Kindern, von der Schneiderei, vom Direktmarketing, von meinen Schulden, meinen verlorenen Träumen, meiner Misere mit Mario und generell von meinem Doppelleben als Hausfrau und Hure. Mitten im Redefluss bemerkte ich, wie peinlich es mir war, noch immer verheiratet zu sein. Ich fühlte mich in seiner Gegenwart so unschuldig, dass es einfach nicht dazu passte. Also flunkerte ich ein bisschen. Er tat das in Sachen Job schließlich auch. Ich behauptete, dass ich bereits geschieden sei, aber abgesehen davon erzählte ich ihm mehr Wahrheiten als jemals einem Fremden zuvor. Ich redete vom verlorenen Halt in meinem Leben und von meinem Mieder. Ich redete und redete wie mit einem

Therapeuten oder einem neutralen Dritten. Ich redete wie mit einer Klagemauer oder einem Priester. Er nahm mir die Beichte ab und meine Seele lechzte nach Absolution. Es fühlte sich an wie ein reinigendes Bad, bei dem ich schwerelos im warmen Wasser lag und alle Last und aller Schmutz von mir abfielen.

Thomas hörte mir zu und ließ mich dabei nicht aus den Augen. Ich hatte vorsorglich keinen Termin mehr nach ihm eingeplant und, wie sich zeigte, zu Recht. Er hatte das Geld auch dieses Mal schon vorher auf die blaue Kommode gelegt. Dreihundert Euro für zwei Stunden. Hinterher legte er dreihundert für weitere zwei Stunden drauf.

Was wir miteinander trieben, hatte nichts mehr mit einer Massage zu tun. Meine Spezialtechnik war bei ihm völlig sinnlos, weil er, sobald ich ihn berührte, wieder unkontrolliert seinen Lauten, Bewegungen und Emotionen nachgab. Er überwältigte mich mit einer unbeschreiblichen Inbrunst und Unverfälschtheit. Wir liebten uns wie Mann und Frau. Die Kraft unserer Vereinigung berührte mein Innerstes. Mein Gefühle waren rein, absichtslos und unbeschreiblich. Wir begegneten uns offen, ohne Hintergedanken, ohne Tricks. Wir verwendeten wieder kein Kondom, aber diesmal hatte ich keine Angst mehr.

Nach diesem Treffen kam Thomas beinahe jeden Tag zu mir, bezahlte jedes Mal und ich schwelgte in einem sinnlichen Glück, das ich bald nicht mehr hinterfragte. Bis er sich eines Tages verabschiedete. Für eine Weile zumindest.

»Ich bin jetzt zwei Wochen weg«, sagte er.

Er fahre mit einigen seiner Wanderfreunde in den Urlaub, behauptete er. Sie würden irgendwo in Südtirol wandern gehen. Ich wusste, dass das nicht stimmen konnte. Aber ich konnte es ihm nicht verübeln. Ich hatte ihm schließlich auch nicht die ganze Wahrheit erzählt. Das war auch gar nicht nötig. Ich war dankbar dafür, ihn getroffen zu haben. Wer konnte schon von sich behaupten, so etwas erlebt zu haben? Diese Begegnung war ein Geschenk. Wir beide wussten, dass alles nur eine Illusion war. Ein Traum und viel zu schön, um wahr zu sein. Thomas würde irgendwann genug davon haben, aber das war jetzt egal. Ich wollte dieses Glück genießen, so lange es andauerte, und wenn es einmal enden sollte … nun ja, das Leben würde weitergehen. Ohne dass Thomas es merkte, sah ich ihm lange nach, als er durch das Haustor verschwand.

5

MAI 2010. »Du hast heute aber ein hübsches Kleid an.«

Snejana trug in beiden Händen volle Einkaufstaschen eines Diskontmarktes. Unter ihren weißblond gefärbten Haaren glänzten kleine Schweißperlen auf ihrer Stirn. Die Haut um ihre Augen warf ähnliche Falten wie die Plisseeröcke, die ich früher von Hand gefertigt hatte.

»Danke, das habe ich selbst geschneidert.«

Ich war wie immer stolz auf mein Werk.

»Toll gemacht«, sagte Snejana anerkennend.

Ich half ihr, die Einkaufstaschen zu ihrer Wohnungstür zu schleppen.

»Das ist lieb von dir, Schätzchen«, bedankte sie sich.

Ich lächelte ihr zu.

Die Welt um mich zeigte mir seit Kurzem wieder ihr sonniges Gesicht und ich war voller Kraft. Meine Kunden spürten das. Meine Eltern und meine Kinder auch. Wenn es mir besser ging, schien es allen besser zu gehen. Georg hatte seine erste Schularbeit mit einer Zwei bestanden. Die Schneiderei machte mir auch wieder mehr Spaß. Manchmal nähte ich bis in den frühen Morgen hinein. Ich brauchte kaum Schlaf.

Mit Mario lebte ich weiterhin in einer Zweckgemeinschaft, in der freilich die Verteilung der jeweiligen Vorteile unausgewogen blieb. Wenn wir uns zufällig begegneten, was selten genug der Fall war, verhielten wir uns einigermaßen höflich. Es war trotzdem, als lebte ich mit einem Gespenst zusammen. Der Unterschied war bloß, dass die Spuren, die er als Mitbewohner hinterließ, nicht wie nächtlicher Spuk von selbst verschwanden. Für ein Gespenst war Mario auch ziemlich teuer.

Ich hatte mir inzwischen eine kleine neue Oase des Rückzugs geschaffen. Es handelte sich um ein kleines Nagelstudio im zweiten Bezirk. Dort gönnte ich mir ab und zu eine professionelle Maniküre, zu der ich Cappuccino mit viel festem Milchschaum bekam. Für mich fühlte sich das an wie mein persönliches Schlaraffenland.

Christina, die Maniküre, kannte ich seit zwanzig Jahren. Sie stammte aus der Nähe von Wiener Neustadt. Wir unterhielten uns meistens über den Haushalt, die Schule und die Kinder. Sie hatte drei Jungs, die alle schon im Teenageralter waren.

»Christian ist zur Zeit schwer zu bändigen«, plauderte Christina und pinselte den Acryllack sorgfältig auf die Nägel meiner rechten Hand, während der Lack auf der linken unter einer speziellen Blaulichtlampe aushärtete. »Er will jetzt wie alle Jungs in seiner Klasse einen Bergsteigerkurs machen. Klettern ist bei ihnen im Moment total angesagt.«

Mein Gewissen reagierte sofort. Ich war mit meinen Kindern schon so lange nicht mehr im Urlaub gewesen.

»Was das wieder kostet«, ächzte Christina.

Sie tauchte den Pinsel in das Fläschchen mit dem kirschroten Lack, den ich mir zuvor ausgesucht hatte, und trug die Farbe umsichtig auf. Sie arbeitete akribisch. Jeden Nagel färbte sie mit drei sicheren Pinselstrichen ein. Es beruhigte mich, ihr dabei zuzusehen. Ich vergaß zu blinzeln, die Konturen wurden unscharf und meine Gedanken dafür klar. Ich konnte abschalten wie bei einer Meditation.

»Rucksack, Seile, Schuhe, Fingerschoner, Haken. Das ist keine Kleinigkeit«, jammerte Christina. »Einen Schlafsack und ein Zelt brauchen sie auch, wenn sie im Camp übernachten.«

Christina sah kurz auf und lächelte liebevoll.

»Für meine Söhne ist es halt die Freude am Abenteuer.«

Mit einem Schlag schämte ich mich, dass ich hier saß und mich verwöhnen ließ. Vielleicht hätte ich das Geld für die Maniküre doch lieber sparen sollen. Wann hatte ich Georg jemals gefragt, ob er nicht mit seinen Freunden ein bisschen Extrasport machen wollte? Anke wünschte sich sicher modische Schuhe, wie sie auch all die anderen Mädchen in ihrer Klasse trugen. Während es sich Mario auf meine Kosten gut gehen ließ und ich nach Wegen der Befreiung von ihm suchte, ging es bei den Kindern immer nur um das Notwendigste. Die Erkenntnis, wie ignorant wir ihren Bedürfnissen gegenüber gewesen waren, traf mich wie aus dem Nichts. Die Nägel hätte ich mir auch selbst feilen und anmalen können, dachte ich.

»Und wie gefährlich diese Bergsteigerei ist.«

Zufrieden begutachtete Christina ihr Werk.

»Erst vor ein paar Tagen ist in Südtirol eine ganze Bergsteigertruppe verunglückt«, sagte sie. »Die Fotos in der Zeitung waren schrecklich, hast du die gesehen, Elke? Wie es da wohl den Angehörigen geht.«

Ich hatte zuerst nicht richtig hingehört, aber dann schoss auf einmal der Schweiß aus allen meinen Poren und meine Bluse klebte am Bauch und am Rücken meiner Haut fest. Mein Herz schlug hart gegen meinen Brustkorb.

Thomas war nach Südtirol gefahren.

Meine Nägel waren erst halb trocken. Meine Hände sahen aus wie zwei schmale Fächer mit blutroten Enden und sie zitterten.

»Alles okay?«

Christina war erstaunt, als ich hastig zahlte und fluchtartig aufbrach. Ich musste an die frische Luft. Ich brauchte einen klaren Kopf. Thomas war nur ein Kunde. Ich musste mich endlich wieder unter Kontrolle kriegen. Mein Leben waren meine Kinder. Und eine Maniküre war definitiv das Letzte, was ich mir in meiner Situation leisten konnte und durfte. Ich versteckte meine Nägel tief in den Manteltaschen und machte mich rasch auf den Heimweg. Ich wollte nur noch nach Hause.

MALZBONBONS

DIENSTAG, 23. MÄRZ 2010, 14:30. Zum Glück läutete Alois pünktlich. Er war der letzte Kunde an diesem Tag und ich war schon etwas müde. Danach wollte ich noch Vorräte für daheim einkaufen. Ein Freund hätte mich empfohlen, erklärte er in der Tür, und der wäre begeistert gewesen. Er musste sogar mehr als begeistert gewesen sein, schließlich war Alois extra aus der Steiermark angereist.

Als Erstes nahm ich seinen süßlich milchigen Duft nach Malzbonbons wahr. Meine Großmutter hatte früher selbst Malzbonbons gemacht, mit viel Liebe, aber mir hatten sie nie geschmeckt. Ich fand den herben Geruch, der bei ihrer Produktion entstand, abstoßend. Zuerst kochte meine Großmutter Gerstenkörner, dann ließ sie die schleimige Masse so lange mit Kandiszucker sieden, bis der Saft dunkel wurde. Den zähflüssigen Sirup goss sie auf eine Marmorplatte und ich durfte die Masse in Quadrate schneiden. Oma zuliebe probierte ich immer ein Bonbon, den Rest warf ich heimlich in den Müll.

Obwohl der Mann sicher zehn Jahre jünger und keinen einzigen Zentimeter größer war als ich, wirkte er massiv und seine Stimme klang selbstbewusst.

»Dann mach mir mal den Hintern«, fiel er direkt mit der Tür ins Haus.

Ich vermutete, dass das der steirische Ausdruck für eine Prostatamassage war.

Vor dem Duschen wollte er sich vor meinen Augen ausziehen und er verlangte von mir, es ihm gleichzutun. Ich gehorchte. Das war schließlich mein Job. Die gekräuselten Härchen, mit denen sein Körper inklusive seinem Rücken übersät war, passten genauso wenig zu seinem glatten dichten Haupthaar wie seine feingliedrigen Hände zu seinem derben Auftreten. Männer mit Händen wie er hatten immer eiskalte Finger. Am Massagebett legte er sich routiniert auf den Bauch.

»Peter meint, dass du eine kleine Drecksau bist und einen ganz geil angreifst«, platzte es dabei aus ihm heraus. Er rekelte sich auf der Liege, als würde er nach einer bequemen Schlafstellung suchen.

Ich erwiderte nichts.

Ein Kondom konnte man bei einer Prostatamassage nicht benutzen. Durch den Unterdruck, der entsteht, wenn man den Finger aus dem Anus zieht, und durch die unwillkürlichen Schließmuskelbewegungen löste es sich ab. Im Drogeriemarkt gab es medizinische Handschuhe mit speziell präparierter Innenseite. Ich hatte sie immer in der Größe medium statt small auf Lager, damit auch meine Nägel genug Platz hatten.

»Worauf wartest du?«

Alois wetzte ungeduldig auf dem Handtuch herum, während ich ihm die Hoden und die Oberschenkel massierte. Ich griff nach den Handschuhen, die neben dem Öl und den anderen Utensilien auf dem Tischchen neben dem Massagebett bereitlagen. Das Geräusch des Gummis beim Überstreifen erinnerte mich immer an ein Krankenhaus.

»Ah, geil.«

Unbeholfen begrapschte Alois meine Schenkel. Seine klammen Finger auf meiner Haut waren mir unangenehm. Ich tropfte noch mehr Öl in seine Pofalte. Öl behält seine Gleitfähigkeit länger als Gleitcreme. Ich wollte ihm nicht wehtun. Mit einer Hand spielte ich mit der Verletzbarkeit seiner Hoden, mit der anderen Hand fuhr ich seinen Damm entlang in Richtung After.

Langsam aber bestimmt drang ich bis zum ersten Glied meines Zeigefingers ein.

»Geil. Du geile Sau!«

Der Wortschatz erregter Männer ist ziemlich begrenzt. Ich hielt den Finger ruhig und wartete ein paar Augenblicke lang.

»Na los, mach weiter!«

Alois drückte mir sein Becken entgegen. Nach unzähligen Anschauungsobjekten kannte ich mich mit der männlichen Anatomie inzwischen so gut aus, dass ich auch eine ordnungsgemäße Prostatauntersuchung durchführen hätte können. Fuhr ich im Anus mit den Fingern in Richtung Hoden, ertastete ich schnell eine kastaniengroße Kugel. Das war bei Steirern nicht anders als bei anderen. Alois war im Glück.

Hinterher entsorgte ich die Handschuhe im Plastikmüll. Die Bilder von Omas Malzbonbons im Abfalleimer gingen mir dabei durch den Kopf.

Alois war schon fix und fertig angezogen, als ich nach einer gründlichen Säuberung meiner Hände aus dem Bad kam. Duschen wollte er nicht mehr, aber er fragte nach einem neuen Termin. Lange nachdem die Tür hinter ihm ins Schloss gefallen war, steckte ich die hundertsechzig Euro, die neben der Ölflasche lagen, in meine Brieftasche. Danach ging ich ins Badezimmer und wusch meine Hände ein zweites Mal.

6

MAI 2010. Die Erdbeeren schmeckten fast künstlich, sie waren klebrig süß, überreif und weich. Wir fütterten einander damit und verschmierten den rosaroten Saft um unsere Münder. Wir leckten uns die Lippen gegenseitig, küssten uns und küssten uns wieder und wieder.

»Nimm dir diesmal bitte etwas mehr Zeit für mich.«

Ein Stein war mir vom Herzen gefallen, als ich Thomas' Stimme am Telefon gehört hatte. Ich hatte mich erkundigt, ob alles reibungslos verlaufen war. Von einer verunglückten Gruppe habe er nichts gehört, hatte er gesagt, und ich war mir kindisch vorgekommen.

»In der nächsten Woche habe ich einen Nachtdienst nach dem anderen, aber ich könnte am Dienstag tagsüber«, hatte er dann gesagt.

Nochmals hatte er verlangt, dass ich diesmal genügend Zeit für ihn freihalten solle. Ich machte ein Kreuz über die gesamte Seite im Kalender und kaufte mir ein Paar neue Strümpfe.

Die Käfigtür blieb den ganzen Tag offen, alle Grenzen waren verschwunden. Thomas verbrachte insgesamt vier Stunden bei mir, in mir, auf mir, unter mir, hinter mir und neben mir. Wäre nicht der Nachtdienst angestanden, wäre er noch länger geblieben. Wir konnten die Hände einfach nicht voneinander lassen. Unsere Körper kommunizierten wortlos miteinander und auch wenn wir redeten, verstanden wir uns blind.

Mir fielen wieder die Passagen aus Texten und Berichten ein, die ich im Internet gelesen hatte. Tantra, diese alte Lehre aus dem Orient, in der sich alles um den Fluss der Energie dreht. Von der Verschmelzung männlicher und weiblicher Kraft war darin die Rede gewesen. Der deutsche Energetiker hatte ebenfalls davon gesprochen und natürlich hatte er Recht gehabt. Aber mit Thomas war es noch mehr. Wir beide durften für Momente in die Ewigkeit schauen. Es ging nicht nur um pure Lust, das spürte er so gut wie ich. Das hier war eine Verbindung von Spiritualität und Erotik, die eine Kraft freisetzte, die nicht nur den Körper befriedigte, sondern vor allem auch den Geist.

»Ich heiße nicht Thomas«, hörte ich ihn plötzlich sagen.

Seine dunklen flackernden Augen rissen mich aus meinen Gedanken. Vom ersten Telefongespräch an hatte er mich also belogen. Ich sah ihm tief in die Augen. Er erzählte mir lächelnd, dass er nur zur Hälfte Europäer sei. Er sprach von seinen Eltern und seiner Kindheit. Zur anderen Hälfte war er Iraner und als er leise seinen wahren Namen sagte, klang dieser für mich wie aus einem der Märchen aus tausendundeiner Nacht.

Karim Zahedi.

Als er mich an diesem Tag in höchster Eile verließ, winkte ich ihm zum ersten Mal vom Fenster aus nach. Er war schon auf der Straße, als er sich noch einmal umdrehte. Ich schickte ihm Luftküsse und beobachtete ihn, bis er schließlich in der Straßenbahn verschwand. Dabei lächelte ich vor mich hin.

Zurück im Massagezimmer ließ ich mich aufs Bett fallen, statt die Laken zu wechseln. Ich konnte mein Glück nicht fassen. Seit Monaten hatte ich das Zwiegespräch mit Gott gemieden. Zu schwierig schien meine Situation. Jetzt betete ich und fiel am helllichten Tag in einen tiefen seligen Schlaf.

7

JUNI 2010. Obwohl mir die Gänge vertraut waren, zogen sie sich unnatürlich in die Länge. Auch ein gesunder Mensch braucht gute Nerven, wenn er die endlosen Flure in diesem Krankenhaus entlangläuft. Ich konzentrierte mich wieder auf mein Ziel. Karim hatte heute wieder Nachtdienst und ich besuchte ihn. Nachdem sich schon sein Name als Schwindelei herausgestellt hatte, kam jetzt endgültig die Stunde der Wahrheit. Ich fand, dass er gut in die Küche der Krankenhauskantine gepasst hätte. Es war mir aber ohnehin längst egal. Wir trafen uns jetzt regelmäßig wie ein ganz normales Liebespaar. Ich wusste inzwischen, dass er sich in Therapie befand, weil er sich für beziehungsunfähig hielt. Nach zwei fünfjährigen Beziehungen war er auf meinem Massageklappbett gelandet. Unnötig zu erwähnen, wie sein Therapeut auf diese Mitteilung reagiert hatte. Gerade an dem Tag, an dem er sich einfach nur etwas Gutes tun hatte wollen, hatte ihn erneut ein schicksalhafter Pfeil aus dem Köcher des eigenwilligen Amor ereilt.

Je länger ich durch dieses Ungetüm von einem Krankenhaus lief, in dem ich als Kind und Jugendliche so viele leidvolle Stunden erlebt hatte, desto schwerer wurden meine Füße. Das Linoleum auf dem Boden fühlte sich pappig an. Als ich den Lift erreichte, drückte ich so fest auf den Knopf, dass mir beinahe ein Fingernagel abgebrochen wäre. Immer mit der Ruhe, dachte ich.

Alle Etagen sahen hier gleich aus. In der Neurologie dieses Krankenhauses hatte ich einen Teil meiner Jugend verloren. Manchmal schaute ich dort vorbei, wenn es sich ergab, aber heute verzichtete ich darauf. Heute ging es nicht um die Vergangenheit, sondern um meine Zukunft. Der Fahrstuhl bringt mich in den siebten Himmel, dachte ich glücklich, selbst wenn sich herausstellen sollte, dass Karim der Liftwart ist.

Als er mir im weißen Kittel entgegenkam, erhob ich mich rasch von dem Tischchen, an dem ich auf ihn gewartet hatte. Ich flog ihm förmlich entgegen und wenig später führte er mich durch die Gänge. Wir präsentieren uns dabei ganz offen und stolz als Liebespaar, vollgeladen mit der Kraft des Universums. Ich vergaß meinen Beruf, meine Situation, meinen Kummer, meine ganze Identität. Ich war nur noch Karims Geliebte.

Entgegenkommende machten uns ganz selbstverständlich Platz. An seiner kräftigen Hand führte mich Karim in seine Welt. Auf der Brusttasche seines Mantels stand in großen Buchstaben sein voller Name: OA Dr. Karim Zahedi. Er war nicht nur Arzt, sondern sogar Oberarzt.

»Elke?«

Als wir die Tür zu seinem Zimmer hinter uns geschlossen hatten, packte er mich an den Schultern und zog mich fest an sich. Wir küssten uns.

»Ich wünsche mir ein Kind von dir«, flüsterte er.

Ich war Mutter von zwei Kindern, sterilisiert und jetzt völlig sprachlos. Ich brachte kein Wort heraus und starrte ihn hilflos an. Auf einmal war ich wieder Elke Päsler mit ihrem schweren Rucksack. Elke, die ihren Mann aushielt, mehrmals die Woche hundert Kilometer zurücklegte, um jeden einzelnen ihrer Freier glücklich zu machen. Ich war Sally, die Geld für Sex nahm, um die Gartenschere und die Schulmilch bezahlen zu können. Aber es stimmte, dass ich eigentlich noch nicht zu alt für Kinder war. Und ich liebte Kinder, ich lebte für meine eigenen.

»Würdest du dich einer künstlichen Befruchtung unterziehen?«, fragte Karim plötzlich.

Dieser Mann war Arzt.

»Hast du meinen Beruf vergessen?«, versuchte ich nüchtern zu bleiben.

Wortlos nahm er meine Hände in die seinen und küsste sie.

8

JUNI BIS SEPTEMBER 2010. Wir durchbrachen schrittweise die Grenzen. Schon am nächsten Tag hielt Karim mir seine Wohnungstür auf. Kurz musste ich an einen Zeitungsartikel denken, demzufolge sich beinahe jede Single-Frau einen Arzt als Mann wünscht. Das liegt wohl daran, dass diese Männer so gut mit dem menschlichen Körper umzugehen verstehen, so viel über ihn wissen und gleichzeitig einen liebevollen Umgang mit Menschen pflegen. Vielleicht liegt es auch an der Sicherheit, die sie ausstrahlen. Wenn der Körper nicht mehr funktioniert, geht man zum Arzt. Dort wird alles wieder gut. Ich wusste nur, dass ich noch nie zuvor einen so liebevollen Mann wie Karim getroffen hatte.

Trotzdem ließ ich ihn weiter bezahlen. Das hatte recht simple Gründe. Ich hätte es mir anders nicht leisten können. Schließlich verbrachte ich meine ganze Zeit mit ihm. Mario würde die Veränderung bemerken, wenn ich zu wenig Geld nach Hause brächte, Anke hatte demnächst eine Klassenfahrt und für Georg musste ich ein Fußball-Trainingscamp bezahlen. Im Geiste plante ich aber schon ein Treffen meiner Kinder mit Karim. Er hatte beteuert, dass er sie unbedingt kennenlernen wollte. Warum auch nicht? Karim fand für jedes Thema schöne Worte und gab mir ein Gefühl der Hoffnung. Diese positive Begegnung wollte ich auch meinen Kindern nicht vorenthalten.

Karims Wohnung befand sich in einem renovierten Altbau mit Stuck im Treppenhaus. Es war altmodisch, elegant und irgendwie romantisch. Der Boden in der Eingangshalle war mit schlichten Terrakottafliesen gekachelt. Karim wohnte im dritten Stock und seine Wohnung war groß. Hohe, helle Räume. Die

Einrichtung war allerdings typisch für einen Junggesellen. Da fehlte eindeutig die weibliche Hand. Das Ledersofa im Wohnzimmer war zwar bestimmt teuer gewesen, aber es stand am falschen Platz. Zwischen den Fenstern fristete eine leicht verdorrte Pflanze ihr klägliches Dasein. Am Esstisch stand mitten in einem wirren Kabelsalat ein verwaister Laptop. Eine zarte Staubschicht überzog ihn. Im Gang zur Toilette hing eine nackte Glühbirne von der Decke.

»Wie lange lebst du schon hier?«

Karim war meinem Blick gefolgt und lächelte schuldbewusst.

»Ich muss unbedingt Lampen besorgen, aber die Nachtdienste machen einen so fertig«, sagte er. »Wenn ich nach Hause komme, falle ich nur noch ins Bett. Man kommt in meinem Job wirklich zu gar nichts.«

Er zog mich an sich.

»Vielleicht habe ich ja Glück, und du hast Lust, dich in Zukunft um meine Wohnung zu kümmern«, sagte er schelmisch. »Für mich allein ist sie ohnehin viel zu groß.«

Ich wechselte die Farbe. Ich hatte Karim noch immer nicht gestanden, dass ich verheiratet war. Jetzt fiel mir diese unumstößliche Tatsache siedend heiß wieder ein. Wir benahmen uns die ganze Zeit über wie Verliebte, die ihr Leben noch vor sich hatten. Aber ich hatte seine Schmeicheleien trotzdem nie richtig ernst genommen. Ich war bereit gewesen, mich auf einen Traum einzulassen, aber auf einen, der doch nie Realität werden konnte.

Karim knabberte zärtlich an meinem Ohr. Seine süßen Worte kräuselten sich durch meinen Gehörgang und landeten direkt in meinem ausgehungerten Herzen. Wie sehr hatte ich mich danach gesehnt, wie sehr hatte ich das alles vermisst. Es war so verführerisch zu glauben, dass dieser Mann alles, was er sagte, wirklich ernst meinte. Aber wenn ich ihm jetzt die Wahrheit über Mario und mich sagen würde, dann wäre vielleicht alles aus. Lieber Gott, flehte ich leise, lass es nicht so schnell vorbei sein! Nicht jetzt! Nicht jetzt, wo es gerade so wunderschön ist!

»Du weißt doch, dass ich zwei Kinder habe«, begann ich vorsichtig.

»Darüber haben wir schon gesprochen.« Karim schaute mich ganz offen an. »Elke, meinst du etwa, ich würde verlangen, dass du meinetwegen deine Kinder verlässt? Für wen hältst du mich eigentlich?«

Ich wich seinem Blick aus. Es war beschämend. Ich fühlte mich nackt. Er war so unwiderstehlich in seiner Ehrlichkeit. Das machte mich verwundbar. Seine wilden Schreie waren von Anfang an der Beweis für sein unverfälschtes Wesen und seine Aufrichtigkeit gewesen.

»Karim, da ist etwas, was du wissen solltest.«

Ich druckste herum, die Worte kamen mir nicht über die Lippen.

Karim sah mich liebevoll an.

»Du kannst mir alles sagen, Schatz, das weißt du doch. Bitte vertrau mir.«

Leise fing ich an zu weinen. Verflixt, alles war zum Scheitern verurteilt. Ich selbst war ein einziges Chaos und mein Leben war ein Scherbenhaufen. Ich hatte es einfach noch nicht geschafft, wieder Ordnung hineinzubringen. Dabei war ich schon so weit gewesen. Eine neue Normalität hatte in mein Dasein Einzug gehalten. Ich hatte einen Kompromiss mit dem Schicksal gefunden, und dann hatte ich Thomas getroffen. Es war einfach der falsche Zeitpunkt gewesen. Zu viele Bürden lasteten auf mir. Ich war gefangen und mein eigener Mann war mein Gefängniswärter.

Ich konnte es Karim nicht sagen. Er würde es nicht verstehen. Unser Kartenhaus in Niederösterreich durfte nicht einstürzen. Meine Kinder wären die Leidtragenden. Alles war so unglaublich kompliziert. Wem konnte ich schon mein unerträgliches Dasein zumuten? Ich wollte Karim da nicht mit hineinziehen. Schon für mich war die Erpressung durch Mario und Heinz eine schwere Belastung, auf jeden Außenstehenden musste sie ungeheuerlich wirken. Besonders auf einen Menschen mit einem so reinen Herzen wie Karim. Er war stark, aber ich zweifelte daran, dass er stark genug für den Fluch war, der allem Anschein nach an mir haftete.

Karim stützte mich, während ich haltlos weinte. Es dauerte fast zwanzig Minuten, bis ich mich wieder so weit unter Kontrolle hatte, dass ich sprechen konnte. Ich fühlte mich, als hätte eine große Wunde unstillbar zu bluten begonnen. Meine Tränen waren das Blut. Es hörte einfach nicht auf, wie ein Schwall aus mir herauszuströmen. Ich konnte mich nicht beruhigen. Je sachter Karim schweigend versuchte, mich zu besänftigen, umso heftiger bebte mein Körper. Karim ließ es einfach geschehen.

»Ich … ich bin eine verheiratete Frau und eine Lügnerin …«

Ich stammelte atemlos die Worte, die jetzt endlich aus mir herausbrachen.

»Elke, ganz ruhig, ganz ruhig.«

Karim wiegte mich in seinen Armen wie ein kleines Kind. Ich ließ mich auf die Berührung ein und machte die Bewegung mit, bis wir wie ein riesiges Pendel gemeinsam hin und her schwangen. Es war ganz still. Von draußen drang leise die Melodie der Stadt zu uns herauf. Der Raum lag im Halbdunkel, nur die Straßenbeleuchtung hinterließ ein paar Streifen Licht auf dem dunkelbraunen Parkettboden. Alles war so friedlich.

»Elke, bitte, erzähl mir einfach alles von Anfang bis zum Ende und sag mir, was dir auf dem Herzen liegt.«

Jetzt konnte ich ihm endlich unvoreingenommen begegnen. Vormachen hätte ich ihm sowieso nichts mehr können. Meine Seele lag völlig blank. Ich lieferte mich schutzlos aus. Es gab nichts mehr zu verheimlichen. Ich erzählte Karim von der Erpressung. Unter Tränen gestand ich ihm, dass ich meinen Mann mit Anton betrogen hatte. Dass ich an allem selbst schuld sei und nichts Besseres verdient hätte. Dass niemand mir helfen konnte.

»Alles der Reihe nach, Liebling«, sagte Karim sanft. »Du wirst von diesen Männern bedroht und erpresst?«

Ich nickte.

»Und dein Mann hat dich völlig im Stich gelassen?«

Wieder nickte ich.

»Er ist auch ... hilflos.«

»Was heißt hier hilflos? Du musst dich scheiden lassen. Du bist ein so wunderbarer Mensch. Du hast ganz spezielle Fähigkeiten. Dafür musst und sollst du bekommen, was dir, und nur dir, zusteht. Das ist ein unmöglicher Zustand. Ich werde ihn nicht akzeptieren. Ich werde dir helfen. Morgen Früh kontaktiere ich meine Anwältin.«

»Bitte nicht, Karim«, rief ich. »Die beschatten mich doch und kennen dich sicher auch schon längst. Die wissen genau, wer du bist und wo du wohnst. Das kann ich nicht zulassen. Bitte lass mich das alleine regeln.«

Aber Karim lachte nur. Er redete so lange auf mich ein, bis ich einwilligte, mir von ihm helfen zu lassen. Ich ergab mich.

So viel Zärtlichkeit war ich nicht mehr gewöhnt. Sie brach meinen Widerstand.

Karim ließ mich tatsächlich nicht allein. Endlich ging ich zur Anwältin. Sie war eine ältere, in ihrem Fach profilierte Dame und hörte sich meine Geschichte in Ruhe an.

»Solange es Ihren Kindern gut geht, ist es mir egal, wie Sie Ihr Geld verdienen«, sagte sie. »Aber was Ihr Mann mit Ihnen macht, ist für mich nicht in Ordnung.«

Karim beriet mich, als wir die Papiere für den Scheidungsvergleich vorbereiteten. Ich ließ eine Verfügung aufsetzen, in der stand, dass die Erpressung auffliegen würde, sobald mir auch nur ein Haar gekrümmt werden würde. Des Weiteren legten wir fest, dass die Kinder im Falle meines Todes zu meinen Eltern kommen würden. Wir vereinbarten auch, uns gegenseitig schad- und klaglos zu halten, dass ich das Haus samt allen Schulden sowie ein Auto übernahm und er binnen drei Monaten ausziehen und seine Habseligkeiten mitnehmen musste.

Mario und Heinz wurden unter dem von der Anwältin emotionslos ausgeübten Druck kleinlaut. Sie verstanden, dass ich ihnen nicht mehr wehrlos ausgeliefert war und dass die Zeit, in der sie einfach nur die Hand aufzuhalten brauchten, vorbei war. Mario dämmerte vielleicht sogar, dass meine Fehltritte sein Handeln nicht rechtfertigten und dass er im Grunde glimpflich davonkam.

Mich trug Karims Stimme, die mich wie eine sichere Hand hielt, durch den Ablösungsprozess. Karim wusste zu jedem Zeitpunkt, wovon er sprach, und er fand jederzeit und für jeden Beteiligten die richtigen Worte. Er war für mich und auch für meine Kinder einfach da.

9

SEPTEMBER 2010. Ja, ich will!

So also fühlte sich pures Glück an.

Um uns war der Kirchenplatz voller Menschen, über uns strahlte ein blauer Himmel und zwischen uns war Einigkeit, die sich in Form eines Babys in meinem Bauch materialisiert hatte. Noch ahnte niemand etwas davon.

Eine Wallung ging durch meinen Körper, ließ mein Herz übergehen und drängte aus jeder einzelnen Poren nach außen. Ein kühlender weicher Wind schlang sich um meinen Körper, leicht wie der Schleier, den mein wunderschöner Mann mit seinen Händen hob, um mich zu küssen.

»Hier unterschreiben.«

Die Stimme des älteren Herrn im schwarzen Talar riss mich aus meinen Tagträumen. Er war es, der Mario und mich schied, nicht, wie wir uns versprochen hatten, der Tod.

Die Kinder hatten zuerst geweint, als ich ihnen unseren Entschluss, uns scheiden zu lassen, mitgeteilt hatte. Papa sei aber sowieso immer seltener da und sie immer öfter bei den Großeltern gewesen, hatten Anke und Georg schließlich gemeint, und der einzige Unterschied bestünde jetzt darin, dass er auch nicht mehr bei uns schlafen würde. Bevor ich zu dem Gerichtstermin aufgebrochen war, hatte mich Anke mit ihrem offenen, direkten Blick angesehen. »Mama, warum hast du das nicht schon längst gemacht?«, hatte sie gefragt.

Mario trug ironischerweise auch im Gerichtssaal einen Trainingsanzug. Er konnte es nicht lassen. Jeden Sonntag, wenn wir bei McDonald's gesessen waren, hatte er dieselbe Acrylhose getragen. Wie oft hatte ich ihn um einen anderen Aufzug gebeten, ihn deshalb angefleht und verteufelt. Ein Paar Jeans hätte mir schon gereicht. Aber nicht einmal das hatte er für mich getan.

»Hier unten rechts?«

Meine Hand zitterte. In mir war immer noch der Rest eines Zwiespalts. Es fiel mir trotz allem, was ich mit Mario durchgemacht hatte, nicht leicht, unser vor Gott gegebenes Versprechen, zueinanderzuhalten in guten wie in schlechten Zeiten, aufzuheben. Ich hatte schwere Fehler begangen, aber ich hatte es immerhin versucht. Nur Gott wusste, was ich alles dafür gegeben hatte, damit es nicht so weit kommen musste. Und jetzt, am Ende, war es nur ein Schriftzug, der all das Schöne und all das Hässliche beendete. Auf dem Papier ging es sehr schnell, ungeschehen machte die Unterschrift aber nichts.

»Und Sie bitte hier.«

Mario war an der Reihe.

Der Richter war ungeduldig. Seine Stimme klang monoton und routiniert. Für ihn war es eine alltägliche Angelegenheit. Mario unterschrieb an der ihm zugewiesenen Stelle links unten. Ich fand das seltsam. Die linke Seite ist doch die weibliche, schoss es mir durch den Kopf. Denn dort liegt das Herz.

Mario zögerte nicht. Die gleiche Unterschrift, die ihn vor vielen Jahren zu meinem Ehemann gemacht hatte, machte ihn jetzt offiziell zu meinem Exmann.

10

SEPTEMBER 2010. Wieder einmal schlüpfte ich leise aus meinem Bett. Der Mann neben mir seufzte und berührte mit geschlossenen Augen zärtlich meinen Rücken. Es kitzelte. Ich verharrte in meiner Bewegung, bis sein Arm wie leblos zur Seite fiel. Karim war wieder eingeschlafen.

Es war noch früh am Morgen, aber schon sehr warm. Auf Zehenspitzen schlich ich in die Küche und verließ in ein Tuch gewickelt mit einer Flasche Mineralwasser und einigen Scheiben Melone, die von gestern übriggeblieben waren, die Wohnung. Die Luft vibrierte und barfuß lief ich das Treppenhaus mit den großen Öffnungen nach oben. Auf Mallorca blieb es das ganze Jahr über warm genug, um auf witterungsfeste Glasscheiben verzichten zu können. Von der kleinen Gasse unter mir strömte ein süßlicher Geruch in meine Nase. Streunende Katzen miauten mich klagend an. Ich kam oben auf der Dachterrasse direkt über unserem Appartement an. Dort erstreckte sich gleißend das Meer vor mir. Die Sonne ging gerade auf und zwang mich, die Lider zusammenzukneifen.

Ich setzte mich auf den Liegestuhl und öffnete die Flasche. Das prickelnde Wasser perlte meine Kehle hinunter. Die Nacht war kurz und intensiv gewesen. Ich lehnte mich zurück und atmete tief durch. Ich wünschte mir, dass die Zeit stehenbleiben würde.

Später am Tag peitschte mir der Wind die Haare ins Gesicht. Das Blau vor mir schien unendlich weit zu sein.

»Anke, Georg, Vorsicht! Nicht zu weit nach vorne laufen!«

Cap de Formentor auf Mallorca war mein persönliches Kap der guten Hoffung. Karim hatte uns eingeladen und die Kinder hatten ihn hier liebgewonnen. Seine ruhige Art verfehlte ihre Wirkung auf die beiden nicht. Er hatte seinen eigenen Willen und war im Grunde der Meinung, dass alles nach seinen Vorstellungen zu geschehen hatte. Aber er machte das so geschickt, dass ich ihm nie böse sein konnte. Seine liebenswürdige Art war absolut schmeichelhaft für mich als Frau und tat auch meinen Kindern gut. Obwohl ich fast zwei Jahre älter war als er, fühlte ich mich in seiner Gegenwart manchmal selbst wieder wie ein kleines Mädchen. Wenn ich Zweifel gehabt hatte, dass dieser Jüngling mir als Frau und Mutter die Stirn bieten können würde, so zerstreute er sie bald. Vor allem war Karim geduldig. Ich war es nicht mehr gewohnt, dass sich jemand in mein Leben einmischte oder sich auch nur dafür interessierte, und er tat beides. Immer öfter ertappte ich mich dabei, wie sehr ich diesen Zustand genoss, vor ihm regelrecht dahinschmolz und nur noch ihm gehören wollte.

Er hatte mich auch überredet, die Kinder zu nehmen und mit ihm hierher auf diese paradiesische Insel zu fahren. »Lassen wir einfach für kurze Zeit alles hinter uns«, hatte er mir zugeflüstert. Ich willigte dankbar ein. Anfangs hatte ich noch gezögert und war von meinen Gefühlen hin und her gerissen worden. Sollte ich diese Liaison nicht besser gleich wieder beenden, weil jetzt der Schmerz noch nicht zu übermächtig sein würde? Welche Rolle würde es spielen, dass er Orientale war? Würden die kulturellen Unterschiede irgendwann zu groß sein? Ich dachte an die vielen gescheiterten Beziehungen zwischen muslimischen Männern und christlichen Frauen. Zahllose Bücher tragischen Inhalts waren darüber geschrieben worden. Ich befand mich zwischen Zweifel und Vernunft. Herz hin, Tränen her, ich hatte weder ein noch aus gewusst, und es gab niemanden, den ich um Rat hätte fragen können. Und dann waren wir einfach alle gemeinsam auf Mallorca. Wie lebten einen Traum und wuchsen zu einer Familie zusammen.

Karim und die Kinder liefen vor mir den Hang zum Meer hinab. Von hinten sah es ein bisschen aus, als wären es drei Kinder. Ich schüttelte den Kopf und lächelte ungläubig. Dann gab ich mir selbst einen Ruck und schloss mich ihnen an. Ich rannte los. Der Weg unter mir war steinig, aber meine Füße waren ganz leicht.

Die Freiheit tat mir gut und das Wichtigste war, dass die Kinder glücklich und entspannt wie nie zuvor waren. Zu lange hatte ich alles gegeben, um meine missglückte Ehe mit Mario krampfhaft aufrecht zu erhalten. Jetzt konnte ich meine kleine Familie selbst erhalten und war dankbar dafür. Ich war stolz auf mich, und wenn ich in den Spiegel blickte, sah ich eine starke Frau. Ich wusste, dass meine Gratwanderung noch nicht zu Ende war, aber ich hatte gelernt, gut darauf zu achten, wohin ich trat. Und wenn mir einmal die Augen vor Müdigkeit zufielen, dann war Karim da, um mich aufzufangen.

In Augenblicken tiefer Zufriedenheit konnte ich darüber nachdenken, wie ich es bis hierher geschafft hatte. Ich hatte um meine Weiblichkeit gekämpft. Ich hatte sie gefeiert und sie verteidigt, als man sie mit Füßen trat. Manchmal hatte ich mich unendlich stark gefühlt und manchmal auch ganz schwach. Ich hatte versucht, nach meinen Werten und Prinzipien zu leben, aber es war mir nie ganz gelungen. Einmal hatte ich sie verteidigt und dann wieder verleugnet und verraten. Ich hatte viele Umwege gemacht. Oft wusste ich an den Gabelungen nicht, wo es weiterging und musste tief in den Abgrund blicken. Bloß meine Weiblichkeit hatte ich unterwegs nie verloren. Sie war ein

Schatz, der sich weder in Gold noch in Juwelen aufwiegen ließ. Sie war auch mein Kapital und meine Mission. Ich betrachtete sie als mein Geschenk an die Welt – an eine Welt, die nicht mehr richtig funktionierte und die immer noch und auf immer neuen Ebenen unter ökonomischen Erschütterungen bebte.

Durch den nahen Kontakt zu fremden Männern bei meiner Arbeit hatte ich gelernt, dass den meisten Männern etwas Wesentliches fehlt. Sie suchen viel eher Zärtlichkeit und Zuwendung als knallharten Sex, und das viel mehr, als ihnen ihr Rollenbild zugesteht. Deshalb kommen sie zu mir und anderen Frauen, die vergleichbare Dienstleistungen anbieten. Sie suchen nach Frauen, die aufmerksam, ehrlich und warm sind in dieser gnadenlosen Männergesellschaft, in der die Männer selbst zu erfrieren drohen. Diesen Männern fehlt Energie, Lebensfreude und jene Kraft, die nur tief im Inneren eines Menschen entstehen kann. Ich nenne diese Kraft Liebe.

11

DEZEMBER 2010. Ich will mich nicht entschuldigen. Nicht dafür, dass ich mich am Höhepunkt meiner Krise für die illegale Prostitution entschieden habe. Es war damals die einzige Möglichkeit. Es war die einzige Option und genaugenommen auch in juristischer Hinsicht die bessere. Denn auf illegale Prostitution steht in Österreich nur eine Verwaltungsstrafe, für nicht bezahlte Schulden droht Gefängnis. Ich will mich auch nicht dafür entschuldigen, dass ich irgendwann begonnen habe, eine Berufung in diesem Beruf zu suchen und so etwas wie Erfüllung, Anerkennung und Bestätigung. Ich weiß, dass das gegen die kollektiven Vorstellungen von der Prostitution verstößt, in der Liebesdienerinnen ausschließlich Opfer oder Täterinnen sein dürfen. Doch mir wies letztlich diese Suche den Weg aus der Hölle.

Ich bin Tantra-Energetikerin und habe die Visionen, in Zukunft noch mehr mit Zärtlichkeit und Liebe zu arbeiten. Ich habe kein Problem damit, meine Dienste im Internet unter all den Prostituierten anzubieten, die unreflektiert ihre Körper hingeben, ohne zu wissen, was sie sich dabei antun und was sie ihren Kunden letztendlich vorenthalten. Denn ich habe eben verstanden, dass sehr viele der Männer, die dort vorbeischauen, in Wirklichkeit auf der Suche nach Zärtlichkeit sind. Für sie will ich eine Tankstelle für reine positive Energie sein.

Ich informiere mich ständig über neue liebevolle Formen der Massage und entwickle neue Programme für Männer und für Frauen. Bei jeder Massage lerne ich neue menschliche Regungen, Nervenverknüpfungen und Reaktionen kennen. Nach wie vor bringen manche meiner Kunden ihre Partnerinnen oder Partner mit, und ich lehre sie, wie sie sich gegenseitig glücklich machen können. Ich gebe mein Wissen und mein Können gerne an alle weiter, die dafür offen sind und die wie ich an die Liebe glauben. Je großzügiger sich meine Erfahrungen auf dieser Welt verbreiten, umso besser. Ich bin weder größenwahnsinnig noch streng gläubig oder sektiererisch. Ich glaube daran, dass sich Herzensenergie durch den Einsatz des Körpers weitergeben lässt und dass dabei ein Kreislauf entsteht, der sie immer stärker macht.

Manchmal habe ich das Gefühl, immer noch ganz am Anfang meines Weges zu stehen, aber das macht mir nichts aus. Meine kleine Wohnung teile ich mir inzwischen mit Anne, Dora und Flo. Wir versuchen, ein Team darzustellen. Anne kennt sich mit Numerologie aus, Dora mit Schwangerschaft, Traumabehandlung und Blockadenlösung und Flo mit Computern. Das Ganze reicht an allen Ecken und Enden noch immer in die Schmuddelbranche hinein, aber das macht nichts, denn ich denke, dass sich alles noch entwickeln wird. Anne zum Beispiel bietet neben Numerologie das gleiche Programm mit Thai-Body- und Tantra-Massage samt Lingam und mehr an wie ich früher. Ich habe sie selbst darin eingewiesen. Sie ist achtundvierzig Jahre alt und auch sie war schon ganz unten. Es gab Zeiten, in denen sie auf dem harten Boden einer Lagerhalle schlafen musste, weil sie keinen anderen Ort mehr hatte, an dem sie bleiben konnte. Flo habe ich auch meinen Massagestil beigebracht, und er bietet ihn nun für Frauen und für Männer an, hatte aber bisher noch keine Kunden. Dafür hat er eine Homepage für uns alle gebaut, die so schmuddelig ausgesehen hat und so voller Rechtschreibfehler war, dass wir sie vorerst wieder aus dem Netz genommen haben.

Irgendwann wird daraus vielleicht ein eigenes Energiezentrum, und ich werde dann offen sein für Frauen, die meinen Weg gehen mussten. Es wird ein besseres Angebot als Direktmarketing für zwei- oder dreihundert Euro im Monat sein. Letztendlich ist es ein Projekt für Nachhaltigkeit. Überall in der Gesellschaft gibt es Bestrebungen, die auf Nachhaltigkeit abzielen – in der Politik, in der Wirtschaft und im sozialen Bereich. Ich leiste meinen eigenen Beitrag am Rande des ältesten Gewerbes der Welt. Ich leiste ihn für ein neues System, in dem Weiblichkeit ihren natürlichen Stellenwert haben darf. Denn nur, wenn sich Mann und Frau ihrer ureigenen, natürlichen Stärke bewusst sind – im kleinen wie im großen System – und keine der beiden Kräfte versucht die andere zu dominieren, können sie sich gegenseitig befruchten und eins werden. Und nur dann werden wir im Paradies leben. So wie es ursprünglich einmal geplant war. Daran glaube ich.

Meine Schneiderei entwickle ich ebenfalls weiter. Ich biete spezielle Oberbekleidung für Frauen an, die Mieder tragen. Ich will ihnen helfen, mit einer aufrechten Haltung ihre Würde zu verteidigen.

Karim unterstützt mich, weil er verstanden hat, was ich tue. Mein Lebensglück hängt nicht von ihm ab, aber ich liebe ihn und bin überzeugt, in ihm den Mann fürs Leben gefunden zu haben. Demnächst wird der Tagtraum wahr, den ich bei meiner Scheidung im Gerichtssaal hatte. Wenn nichts mehr schiefgeht, heiraten Karim und ich im kommenden Frühling.